迷宮都市の錬金薬師

覚醒スキル【製薬】で今度こそ幸せに暮らします!

2

[著]
織部ソマリ
Oribe Somari

[ill.]
ガラスノ

ベアトリス
世界に数人しかいない
錬金術師のうちの一人。
不思議なオーラをまとっている。
プラム
迷宮で出会ったスライム。
目や口はないけど、感情表現が豊か。
ククルル
猫の妖精ケットシーの子供。
古文書が大好きで
収集癖がある。
ロイ
本作の主人公。
ある日【製薬】スキルが覚醒し、
人生が一変する。
薬作りへの探求心がとても強い。
CHARACTERS

アルベール
巨大な冒険者集団の
リーダーを務める貴族。
誰にでも優しく勇敢。
リディ
ハーフエルフの冒険者。
素直な性格。純粋すぎて、
ちょっぴり危なっかしい。
？？？
迷宮で出会った
ロイのそっくりさん。
正体不明の謎多き存在。

第一章　新しい日々

僕——ロイは迷宮都市《めいきゅうとし》ラブリュスで暮らす青銅級冒険者《せいどうきゅうぼうけんしゃ》だ。

孤児だった僕は、魔法薬師《まほうくすし》を目指し『バスチア魔法薬店《まほうやくてん》』に見習いとして入り、住み込みで働いていた。

十三歳になったある日、僕はおつかい依頼で『西の崖のハズレ』——通称ハズレという迷宮に向かった。ここは子供でも入れる危険度の低い迷宮だ。

しかし素材採取の最中、僕は足を滑らせ崖下に落ちてしまう。

そして、ここで出会った薄紫色《うすむらさきいろ》のスライム——後《のち》に従魔《じゅうま》となるプラムに導かれ、迷い込んだ先で見たのは——

何度も夢に出てきた不思議な塔。さらには茂る薬草とたくさんのスライム……の幻。

その光景を見て、僕は前世を思い出す。

『ぼくはここにいた』と。

僕の前世はスライムだった。かつて錬金術《れんきんじゅつ》で栄《さか》えた古王国《こおうこく》の錬金王《れんきんおう》によって作られた、製薬《せいやく》スライムだったのだ。

前世を思い出したことで、スキル【製薬《せいやく》】が覚醒《かくせい》し、さらにはハズレの塔の地下に錬金術師の工房を見つけ、古王国時代の研究ノートまで発見した。

ノートには様々なレシピが載《の》っていて、僕はスキルと古王国の知識のおかげで、これまで作ったことのない薬も作れるようになった。

一方で、バスチア魔法薬店の旦那様や若旦那さんたちは、悪事がバレて捕縛《ほばく》され、住み込み先は調査のために封鎖された。

住む場所を失ってしまったものの、悲しんでいる暇はない！

僕は【製薬】スキルで作ったポーションを売り、独立することを決意した。

ところで僕のポーション……なぜかキラキラしてるんだよね？　レシピは通常の初級ポーションなのに、効果はそれ以上。

これって、やっぱり前世が製薬スライムだったせいかな？

しかも【製薬】スキルでポーションを作ると、『薬玉《くすりだま》』っていう、特有の形状で出来上がるし……？

薬玉は、生成された薬が薄い膜で包まれたものだ。回復ポーションも、毒薬も、全てこの丸い形で出来上がる。売る時はポーション瓶《びん》に薬玉の中身を詰め替えているんだ。

でも、お値段も効果も冒険者たちに人気なのでいいだろう！

◆　◆　◆

パンッ！　と洗い立てのシャツを広げたら、僕の顔に水しぶきが飛んだ。

「わっ、冷た！」

ここは冒険者《ぼうけんしゃ》ギルドの裏庭。適当に張られたロープには、簡易宿泊所《かんいしゅくはくじょ》に泊まる冒険者たちの洗濯物が、これまた適当に干されている。

住み込みで働いていたバスチア魔法薬店が封鎖されたので、今、僕はギルドの簡易宿泊所で寝泊りをしている。

「あ〜、ビッシャビシャだ」

絞りが甘すぎたシャツから、水が滴《したた》り落《お》ちる。固く絞ったつもりだったのに、僕の手絞りじゃこうなってしまう。

ろくでもない奉公先だけど、バスチア魔法薬店には脱水機があった。あれがあればキッチリ水を切れるのに……！

『プルプルルッ』

足下のプラムが小さな体を揺らし、面白そうに笑っている。

『つめたいよ〜』という心の声が聞こえたので、プラムにまで水滴が跳《と》んだみたい。

僕らはスキル効果《以心伝心《いしんでんしん》》のおかげで、お互いの言いたいことがなんとなく分かる。

《以心伝心》は、【友誼《ゆうぎ》】という魔物をテイムできるスキルの効果で、このスキルも前世を思い出したことで得たものだ。

「ごめん、ごめん！」

『プルプル』

『いいよ』と言って、プラムは薄紫色で半透明の体を揺らす。

その体内には、銅色《あかがねいろ》のプレート――『従魔の印《しるし》』がきらめいている。それは僕の左腕につけられた、青銅級冒険者の腕輪と同じ色だ。

僕は冒険者登録をしたばかりの新人冒険者で、駆け出し薬師。

冒険者には青銅級、白銅級《はくどうきゅう》、銀級《ぎんきゅう》、黄金級《おうごんきゅう》、白金級《しろかねきゅう》と級位があって、青銅級が一番下だ。

『プルッ！』

プラムがにゅっと手（？）を伸ばし、びしょびしょの洗濯物を引っ張った。

「え？　欲しいの？」

『プルン！』

「いいけど……汚しちゃ嫌だよ？」

僕が持ってる普段着は、洗濯したシャツと、今着てるシャツの二枚。ズボンは履いてるやつだけ。

泥で汚れたら困ったことになってしまう。

『プルプル』

『だいじょうぶだよ～！』と言うプラムを信じてシャツを手渡すと、プラムは『とぷん！』と体内にシャツを取り込んだ。

「えっ!?　プラム!?」

驚きのあまり思わず声を上げた。

『ポヨンッ！』

すると、一瞬プラムの体の色が濃くなり、サッとシャツが体内から出てきた。

呆気に取られている僕に、プラムがシャツを差し出す。

え……今、シャツを食べた……？　僕のシャツ……無事？

「えっ……？　ビシャビシャじゃなくなってる！」

『プルン！』

プラムが小さな体で胸（？）を張った。

「すごい！　【分解《ぶんかい》】スキルで水を分解して飛ばしてくれたんだ？」

『プルルン！』

プラムが『そうだよ！』と再度胸を張る。

スライムが持つスキルは、主に【浄化《じょうか》】と【分解】。そのスキルを活《い》かし、街の下水処理などにも利用されているらしい。

スライムには酸や毒を吐く種類もいるけど、基本的に大人しくて弱い魔物だから、そんなふうに利用できるんだろうね。

「プラムに脱水してもらえば、生地《きじ》も傷《いた》まないで済むね！」

『ポヨ？』

プラムは『せんたくもできるよ？』と言い、落ちていた石を拾って体内に入れ……

『ホラ』と石を取り出して、見せた。泥だらけだった石がピカピカだ。

「あっ、そっか！　【分解】で汚れを落としたんだね！」

いつもポーションの調合前に薬草《やくそう》の泥を落としてもらっていたのに、【分解】が洗濯に結びついてなかった……！

早起きして盥《たらい》と洗濯板を借りて一生懸命洗ったのになぁ。

プラムにお願いすれば、手で洗うこともなく、あっという間に綺麗《きれい》にできたのか……

うっかりが過ぎるよ、僕！

「プラム……とりあえずこっちのも脱水してくれるかな？」

僕は脱力しつつ、籠《かご》に入っている洗濯済みの下着や靴下を指さした。

「あれ？　水を【分解】しちゃうんだから、もしかして干さなくてもいい……？」

僕はシャツを洗濯ばさみで留めつつ、首を傾げる。

すでに乾いてるような気もするけど、まあ、今日は干すか。

よく晴れてるし、お日様に当てたほうがなんかいい匂いになるしね。

全て干し終えて井戸端《いどばた》に行くと、プラムが若干湿った盥の中で青空を見上げていた。

わ、僕が洗濯物を干している間に、使った盥や水の片付けまでしてくれたんだ。助かる！

洗濯石けんが溶けた水は、排水溝《はいすいこう》に捨てなければいけない。さらに使った盥や洗濯板は、綺麗に乾かして返却するのがルールだ。

「プラム！　ありがとう」

『プルン！』

『どういたしまして！』と言っているみたいだ。

盥から飛び出てポヨポヨ揺れる薄紫色の体には、青空が映っている。

いい天気だし、今日は外に朝ごはんを食べに行ってみようかな？

「プラム、出掛けるよ！」

『ポヨン』

僕は一旦、借りている部屋へ戻りお財布を掴むと、プラムと裏庭を抜け、通用口から早朝の街へ出た。


朝早いこの時間、ギルドはまだ開いていない。なので併設の食堂も閉まっている。

ギルドの近くには、朝から開いてる宿屋の食堂や、パン屋さんもあるんだけど、今日はギルド職員さんに聞いた、『美味しい朝食が食べられる場所』に行ってみようと思うんだ！

「安くて美味しいのがあればいいなぁ。ね、プラム」

『ポヨン、ポヨン』

ちゃんと朝ごはんを食べられる。しかも何を食べるか自分で選べる。

そんな小さな自由が嬉しくて、僕はちょっぴり多めに入れてきたお財布を握りしめ、跳ねるプラムに合わせてスキップで石畳を進んだ。

「わ！　すごい、お店がたくさん出てる！」

大通りを少し行くと、お目当ての場所が見えてきた。迷宮城前広場《めいきゅうじょうまえひろば》の朝食屋台市《ちょうしょくやたいいち》だ！

世界には特に大きな迷宮が七つあって、ここラブリュスには、そのうちの一つ『地下迷宮城《ちかめいきゅうじょう》ラブリュス』がある。この広場を抜けた丘の先が入り口だ。

中央の時計台を囲むように、色とりどりのテントを広げた屋台が並んでいる。

朝食屋台市は毎朝開かれてるそうで、ギルドの職員さんは、早起きできた時だけ立ち寄ってるって言っていた。

広場は迷宮城に行く前の冒険者でいっぱいだけど、ちらほら冒険者ギルドや魔法薬師ギルドの制服を着た人も交じっている。

あとは職人風の人とか、旅の途中らしき人、乗り合い馬車の御者も多い。

みんな仕事の前に、思い思いに朝食を楽しんでいるようだ。

「うわぁ～、いい匂い！」

『ポヨン、ポヨン！』

僕はプラムを抱き上げて、キョロキョロ周囲を見回しながら歩く。

どの屋台にも人だかりがしている。みんな立ったまま、いくつかの屋台をはしごして食べているようだ。

「あれ？　ククルルくん？」

人混みの中に見覚えのある灰色の縞模様が見え、僕は足を止めた。

様々な人が集まる迷宮都市ラブリュスでも、ケットシーは珍しい。

その縞模様の子は、大きな鞄を肩から提げ、尻尾をフリフリ、背伸びで屋台を覗き込んでいる。

それに「おにーさん、二つ買ったらちょっとオマケしてくれにゃい？」なんて、ちゃっかりしたことを言っている。

うん。あれは間違いなくククルルくんだ。

ククルルくんは、大好きな古文書《こもんじょ》を集めながら旅する、子供のケットシー。

長命なケットシーにおいてはまだ子猫だけど、ククルルくんは僕より一つ上の十四歳なんだって。

ククルルくんとは、バスチア魔法薬店が『粗悪品の古文書レシピ』でポーションを作り、僕も嫌疑をかけられて連行された時に出会った。

収集した古文書を持っていたことから、ククルルくんも関与を疑われたんだよね……

「ククルルくん！　おはよう」

「にゃっ？　あにゃ、ロイ！　プラムも！」

ククルルくんは買ったばかりの揚げたてねじりドーナッツを手に、なんだか眠たそうな顔で振り向いた。

身につけたベストのフードや耳には、葉っぱがついている。どこを通ってきたんだろう？

するとプラムも葉っぱに気が付いたようで、にゅっと手（？）を伸ばしてパパッと葉っぱをはらう。

「にゃ、汚れてたにゃ？　いけにゃい、いけにゃい」

ククルルくんはくるりと回り、自分の体を見て、耳をピピッ、尻尾もピピピと動かし葉っぱを落とす。

「ククルルくん、どこか寄ってきたの？」

「にゃ〜、迷宮城に行ってたのにゃ！　夜通し探索してたから眠いにゃよ」

「えっ、昨日からずっと潜ってたの!?」

「そうにゃ！　ベアトおねーさんのお使い採取にゃ！　おねーさんが『働かざる者食うべからずよぉ』って言うから……ククルルは古文字《こもじ》も教えてもらってるし、お返しが大変にゃ」

ベアトおねーさんことベアトリスさんは国一番の錬金術師《れんきんじゅつし》で、白夜《びゃくや》の錬金術師という二つ名を持っているすごい人だ。

錬金術は様々な素材を調合・配合し、物質や属性を変化させ、あらゆる道具や薬を錬成する古の術。今では錬金術を使える人は世界で数人しかいない。

それにしても、さすがベアトリスさん。可愛いケットシーの子猫でも容赦がないようだ。

まあでも、そうだよね。彼女は僕のことだって、半人前扱いも、子供扱いもしなかったもん。僕はそれが嬉しかったけど。

「ふふふ！　大変だね。でも夜通し採取なんて、そんなにたくさん採ってくるように言われたの？」

「ううん、おねーさんのお使いはすぐに終わったにゃよ。でも迷宮城で会った冒険者に、最近『古《こ》王国《おうこく》のよく分《わ》からにゃい古文書《こもんじょ》』が浅層部でも見つかるって聞いたにゃ。だからついでに、にゃいかにゃ〜って探索して、気が付いたら朝ににゃってたにゃ。にゃっにゃっにゃっ」

「わぁ……ククルルくんらしい」

『ポヨ……』

僕とプラムはちょっと遠い目をしてしまう。

古文書を探して迷宮で夜を明かしてしまうなんて、本当にククルルくんらしい。マイペースでちょっぴりちゃっかりしている、可愛い子猫がククルルくんだ。

「でもにゃあ。無断外泊はきっとベアトおねーさんに怒られるにゃ。怒られるの嫌にゃな〜って思ってたんにゃけど、やっぱり朝まで潜っててラッキーにゃったにゃ！　くたくたのお腹ぺこぺこで迷宮から出たら、いい匂いがしてて、くんくんしにゃがら歩いてきたら美味しい朝ごはんに出会えちゃったにゃ〜！」

ククルルくんは、とんたた！　と地面を踏み鳴らし、上機嫌でくるくる回って言う。

「ほんとは早く帰ったほうがいいんにゃけどにゃ。美味しそうなごはんには敵わないにゃ」

そりゃ夜通し探索して迷宮を出た途端、食べ物屋さんの屋台が並んでいたら、つい匂いにつられるのも分かる。

「ロイも朝ごはん食べにきたにゃ？　あにょね、それにゃら早くしにゃいと売り切れちゃうんにゃって！」

「えっ」

ククルルくんの言葉で僕は慌てて周囲を見回した。

「そうだよ。アンタら朝食屋台市は初めてだね？」

ククルルくんがドーナッツを買った店のおばさんが声を掛けてきた。

「はい。美味しいって聞いて来てみたんです！」

「そりゃありがたいね。お目当ての店はあるのかい？　どこも売り切れ御免だから、さっさと買いに行ったほうがいいよ？」

「えっ、そんなにすぐ売れちゃうんですか？」

「そりゃそうだ。朝食屋台は仕事前に食べてく場所だからね。あと一時間もせずに売り切れで店仕舞いだよ」

あ、そっか！　街が動く時間になったら、ここに来ているお客さんも仕事が始まる。屋台だってお昼時に向けて仕込みが始まるんだろう。

こんなふうに僕らと話している間にも、揚げたてねじりドーナッツは売れていく。

朝から甘いもの？　って思ったけど、これなら片手で食べられるし、持ち帰りもできるから、朝食用だけでなく職場でのオヤツにって買っていく人も多いんだって。

「ほら、うちも今日はいつもより売れるペースが速い。早くしないと食いっぱぐれるよ！　近頃、冒険者が増えてるからさぁ」

確かに話している最中にもお客さんは途切れていない。これは本当に急いだほうがよさそうだ。

「教えてくれてありがとう！　えっと、じゃあドーナッツ一つください」

「あら、いい子！　いい子にはオマケをあげようね」

ドーナッツは一つ銅貨《どうか》三枚。

僕はかつてなく重いお財布から白銅貨を一枚差し出した。

ふふ。僕が作ったキラキラポーションがたくさん売れたから、お金には余裕があるんだもんね！

今日はちょっと豪勢な朝ごはんを食べちゃうんだ！

おばさんはお釣りの銅貨と、ドーナッツを二つ僕に手渡す。オマケの一個は、形が崩れて売り物にはできないやつだって言うけど味は変わらない。嬉しいなー！

「あっ、おいひぃ！」

熱々のドーナッツは、ふんわりもっちりジュワッ、だ。揚げたてのドーナッツにまぶされた粉砂糖が、油と一緒に舌の上で溶けていく。甘くて美味しい！

『プルルッ』

オマケのドーナッツを頬張るプラムも、少し前を歩くククルルくんも、『おいしい～』「おいしいにゃ！」と上機嫌だ。朝から甘い物もいいね！

三人で食べながら屋台を見て回っていると、気になる香りに気が付いた。

「ここはなんだろう？　魚介のスープ屋さんかな？」

「にゃっ、お魚と貝の匂いがするにゃ！　かぐわしいにゃ！」

耳と尻尾をピーンと立てたククルルくんが、いい匂いのする屋台を背伸びで覗き込む。

僕も一緒に覗き込むと、ぐつぐつ音を立てる大きな鍋には魚に貝、イカやエビ、ハーブや野菜も入っているようだ。それにしたって……この匂い、たまらない！

濃厚な魚介の香りがする湯気だけでヨダレが出ちゃう。

「美味しそう～！」

『プルルン！』

「おう。買うか？　坊主」

プラムと一緒に鍋を覗き込んでいたら、太い腕の日焼けした店主に声を掛けられた。

「今日のは特に美味いぜ？　ぷりぷりの貝がたっぷりだ」

ごくり。僕は思わず唾《つば》を呑《の》み込《こ》んで一瞬迷う。このスープ、絶対に美味しい。でもこの広場いっぱいの屋台、どれも気になる。

スープを食べてる間に、他の料理が売り切れちゃうかもだし、だからって持ちながら歩くとこぼしそうだし……

「おじさん、僕、大急ぎで一回りしてくるから、一人分取っておいてくれないかな？」

「ククルルもお願いしたいにゃ！　美味しそうにゃ」

「はっはは！　いいぜ、早く行ってきな！」

よかった！　これでスープは確保だ！

代金を先払いしようとしたら、「後でいいって、つーか先払いして金だけ取られたらどうするんだ？　危なっかしい子供と子猫だなあ」って言われてしまった。

……そうだよねぇ。僕ちょっと浮かれてるのかも。

『ポヨン！　プルプル！』

僕の肩に乗ったプラムがぺちぺち頬を叩き、『みてみて！』と一つの屋台を指（？）さした。

『おいしそうだよ！』とプラムから伝わってくる。

「にゃ、行列にゃね」

プラムが見つけたのは、色とりどりの野菜を載せたピザ！

トマト、ズッキーニ、『彩野《あやの》カブ』の上で、チーズがトロットロにとろけている。

「ふわっ、いい匂い！」

『ポヨン！　ポヨヨ！』

またペチペチ！　とプラムに頬を叩かれた。

プラムがにゅうっと指（？）さす先では、厚めのハムが鉄板で、じゅうじゅう音を立てながら焼かれていた。ああ、こんがり焼けてて美味しそう……！

僕たちの視線に気付いた店主が、粒マスタードを塗ってからパンで挟んで食べるのが定番だって、やって見せてくれた。

何それ、美味しいに決まってるよ……！

その隣の屋台はふかし芋にバターを載せたものを売っていた。

とろけたバターが反則すぎる……！

「あれも美味しそうにゃ」

ククルルくんがヒゲを向け、クンクン鼻を鳴らした。視線の先にあったのは、串に刺した白い腸《ちょう》詰《づ》め。焦げ目のついたパリパリの皮も、ハーブの緑も美味しそうだ。

あ、あそこにはコーヒー屋さんがある！

飲みたいなぁ。僕はちょっと甘いやつがいいんだけど……

「ううん、いろいろ見ててもキリがない！　プラムは何食べたい？　僕はね……」

そうして僕たちは、それぞれが食べたいものを選び、屋台を回っていった。

「んにゃーん！　おっいしいにゃあ！」

『プルルル！　プルルン！』

「ハフッ……！　あー、美味しいよー！」

取り置きをお願いしたスープ屋さんの前。

そこに置かれたテーブル代わりの箱の上に、僕らは戦利品を並べ、思い思い好きなものから食べていく。

ククルルくんはハーブ入りの腸詰め。ケットシーは香りの強いハーブが苦手かと思ったんだけど、ククルルくんは「強い香りがクセになるんにゃ」って言ってかぶり付いている。面白い子。

プラムはとろとろチーズの野菜ピザが気に入ったみたい。伸びるチーズが美味しくて楽しいんだって。

そして僕は、薄い木製カップに入った魚介のスープを食べていた。

このスープ、飲むっていうより食べるって言ったほうが正しい！　そのくらい具だくさん。

「なあ、坊主。これオマケな」

ひょいっと、スープ屋さんがバゲットを切って僕にくれた。

「えっ？　いいの？」

「たくさん食べろよ。なんかお前、大変だったんだってなあ。住むとこあんのか？」

「えっ、おじさん、僕のこと知ってるの？」

僕は見覚えないんだけど……と思い首を傾げたら、どうやら僕たちが屋台を覗きウロウロしている間に、屋台市中に噂が広まっていたらしい。

『あの子は、先日、騒動を起こしたバスチア魔法薬店に奉公していた子で、そこの若旦那に罪を着せられ衛兵に連れて行かれ、解放されて戻ってきたら店は封鎖。部屋も追い出されたんだって』

スープ屋のおじさんが言うには、大体こんな内容だそう。

大人ばかりの広場で、僕とククルルくんが連れ立ち、プラムまで肩に乗せていたら目立つし、僕のことを知っている人もいたのだろう。かなり正確な噂だ。

「災難だったなあ、坊主」

「そうですね……でも大丈夫ですよ！　冒険者になったし、今はギルドの宿泊所にいるんです。仕事もあるし！　僕、冒険者ギルドの売店でポーション売ってるんです！」

そう言うと、スープ屋のおじさんは「委託販売か？　大変だなあ。もう一杯食べろよ……」とスープのおかわりを、お隣のピザ屋さんは「頑張れよ……」となぜか涙目でピザを一切れくれた。

さらにコーヒー屋さんも「無茶せず頑張れよ……」と言って、ミルクたっぷりのカフェオレを僕に、ククルルくんとプラムには温めたミルクをくれた。

「えっ……あの、ありがとうございます」

「ぷくく！　ロイといたら得しちゃったにゃ！」

「ククルルくんってば」

大人たちは一生懸命に食べる僕らを眺め、プラムはプルプルしながらチーズを伸ばし伸ばし、楽しそうに口（？）に運んでいた。

「それにしても、スライムってなぁ、本当になんでも食べるんだなあ」

「そっちのケットシーの子もなあ。どこにそんなに入るんだ？」

スライムの従魔はやっぱり珍しいらしい。

屋台の店主たちはプラムの食べっぷりに見惚《みと》れ、ついでにククルルくんの食べっぷりにはちょっと呆れていた。

「ククルル、お腹もうぽんぽこにゃ」

「うわっ、すごいお腹ぽっこりしてるよ!?」

ククルルくんの白いお腹がパンパンだ。僕もいっぱい食べたから結構苦しいけど……ククルルくん、胃薬が必要なんじゃない？　大丈夫かなあ。

コーヒーまで飲んで、食事を平らげた僕らは、屋台の店主たちにお礼を言い、帰ることにした。

「少しのんびりしすぎちゃったかな？」

立ち止まって広場の時計を見上げる。すると後ろから、ポスンッと何かが僕にぶつかってきた。

振り向いてみると、ククルルくんだった。

なんだかぼんやり顔で肉球をぺろぺろして、顔をくしくし洗いながら何かを呟いている。

「にゃ……ベアトおねーさんにごめんにゃさいのお土産《みやげ》買っていかにゃきゃ……絶対怒られるにゃ。にゃんとかかわすにゃ……でも……ククルル眠くなっちゃったのにゃ………ぐぅ」

「えっ。ククルルくん？　えっ？　寝ちゃったの!?」

まさかこの一瞬で寝落ちなんて……！

僕は地面に突っ伏し寝てしまったククルルくんを抱き起こす。

やっぱり子猫!!　お腹いっぱいになったら寝ちゃうんだね!?

「あ、そっか。ククルルくん一晩中、迷宮で『古王国のよく分からない古文書』を探してたから寝てないんだっけ……」

『ポヨ……』

プラムも呆れた様子で見下ろしている。

「仕方ないなあ……」

僕はくぅくぅ寝てしまったククルルくんを背負うと、まだ店仕舞いをしていなかった屋台でシナモンたっぷりの揚げ菓子を買った。

「ベアトリスさんにお土産買わなきゃって言ってたもんねぇ」

『ポヨン』

『仕方ないねぇ』とプラムが寝入ったククルルくんを撫でた。

さて。ククルルくんをベアトリスさんの家に送りたいけど……

「ベアトリスさんの家って、どこにあるんだろう？」

◆　◆　◆

眠ってしまったククルルくんを背負い、冒険者ギルドへ向かう。

この時間なら、そろそろ早番の職員さんが来る頃だ。僕は裏口ではなく、表からギルドへ入ろうとしたけど、ドアノブに手が届かない……！

ククルルくん自体はそんなに重くないけど、お土産の揚げ菓子を持ってるから、ククルルくんをおぶったまま片手を伸ばすのが意外とキツい。

「あっ、届いた！　けど、引くの厳しい……！」

あんまり体を傾けるとククルルくんが落ちちゃう。

プルプル腕を震わせ扉を開けようと頑張っていたら、頬にヒヤッとしたものが当たった。

ん？　プラム？　と思って視線を向けた途端、扉がスッと開いて、僕はよろめいた。

「わっと、と」

『ポヨヨ？』

肩の上で首（？）を傾げるプラムの手（？）が扉に伸びている。

『だいじょうぶ？』と言っているみたいだ。そっか、開けてくれたんだ。

「ありがとう、プラム……結構力持ちなんだね」

『プルン！』

むきっ！　なんて音はしないけど、プラムはもう片方の腕（？）で力こぶを作るような仕草を見せた。

「ロイ？　朝から何やってるんだ？」

「あ、ギュスターヴさん！　おはようございます！　今日はいつもより早いんだね」

「ああ、まぁな。面倒なあれこれがいろいろあるんだよ」

ギュスターヴさんは冒険者ギルドのギルド長で、捨てられていた僕を森で見つけて世話を焼いてくれた恩人なんだ。

小脇に書類の束《たば》を抱えたギュスターヴさんがホールを歩くと、朝の準備をしていた新人の職員さんたちが緊張の面持ちで姿勢を正した。

まぁそうだよね。新人さんが、ギルド長のギュスターヴさんと顔を合わせることってそんなにないだろうし、朝一に仕事を見られるのって緊張するだろうなぁ。

「ん？　ロイ、その背負ってるの、ククルルくんじゃねぇか。どうしたんだ？　まさか怪我でもしてるのか！」

ギュスターヴさんの顔色が、サッと変わった。心配性だからとかじゃない。

ギュスターヴさんは隠れ猫好きだからだ。

「ううん、怪我じゃなくて寝ちゃっただけ。夜通し迷宮城に潜ってたんだって」

「なんて危なっかしいことしてんだ、この子猫は」

ハーッと息を吐き、ギュスターヴさんが僕の背中からククルルくんをそっと抱き上げた。

途端に背中が軽くなって、僕はホッと息を吐きその場にしゃがみ込んだ。

やっぱりおぶって歩くのはちょっとしんどかったみたいだ。腕と脚が疲れた。

ククルルくんはケットシーとしてはまだ子供だけど、背丈は僕の腰くらいまであって、普通の猫と比べたら大きいからね！

「で、この子猫どうするんだ？　執務室で寝かせておいてやってもいいが」

あっ、ギュスターヴさんの顔が少し嬉しそう。

ぽんぽんになったお腹を出して、「くぴー……くぴー……」と寝息を立てるククルルくんは、無意識にギュスターヴさんの腕にスリスリしている。

「ふかふか？」

「ふっかふかだな……いや、そうじゃなくて、お前も仕事があるだろ？」

「うん。でもまだ時間に余裕はあるし、ククルルくんを家まで送ってあげようと思うんだ。ククルルくん、ベアトリスさんに無断で徹夜探索しちゃったらしいから……心配してそうでしょ？」

「やんちゃな子猫だな。そういう事情なら、送ってやったほうがいい。売店のほうは心配するな。モーリスには俺から言っておく。ロイ、ククルルくんを返すぞ」

そう言うと、ギュスターヴさんは僕にククルルくんを渡し、準備中のカウンターで、紙に何やら書きはじめた。ん？　ギルドの印章《いんしょう》まで押してる。なんだろう？

「ロイ。ベアトリスのとこに行くならこれを持っていけ。門番に見せろ」

「『この者、青銅級冒険者ロイが、錬金術師ベアトリス・トリスメギストスの知人であることを証明し、その身元を保証する。ラブリュス冒険者ギルド長、ギュスターヴ・ロラン』……ギュスターヴさん、これって？」

僕の身分証明？　紹介状？

門番って、ベアトリスさん、どんなすごいお屋敷に住んでるんだろう。まあ、王国一の錬金術師さんだからすごいところに住んでても当然か。

「ベアトリスの滞在先は、城の敷地にある離れだ」

城、と言われた僕は、「えっ」という声すら出なかった。

◆◆◆

ここ、迷宮都市ラブリュスには二つのお城がある。

一つはラブリュスで一番有名な場所、地下迷宮城ラブリュス。

もう一つは、領主であるラブリュストラ迷宮伯《めいきゅうはく》の住居であり、行政機関が集まったラブリュス城。

地下迷宮城ラブリュスは街の中央にあり、一方でラブリュス城は街のはずれ、小高い丘の上にある。

「僕、お城なんか行ったことなくて緊張するんだけど……！　迷宮城は迷宮でお城って感じじゃないし……どうしよ、プラム……！」

『プルプル……プルプル……！』

肩に乗せたプラムと緊張で震えつつ、城門前に立った。

ククルルくんは、背負子《しょいこ》に座らせて背負ってきた。おぶって歩くより全然ラクだし、ククルルくんも気持ちよさそうに寝ている。

「ねえ、プラム？　ここ……広すぎない？」

『プルル』

お城自体は丘の上にあるんだけど、周辺一帯が城壁で囲まれており、その内側には、街かな？と思うくらい多くの建物が見える。どれも立派で宮殿のようだ。

僕は城壁を見上げ、ドキドキしながら門前の列に並ぶ。

門には数人の門番がいて、出入りする人のチェックをしているようだ。ギュスターヴさんが一筆書いてくれてよかった……！

「次は……君かい？　出入りの商会のお使いで来たのかな？」

「い、いえ、これ見てください。こちらに滞在している、ベアトリスさんにご用があって参りました」

僕に合わせて、肩のプラムもポプン、とお辞儀をする。

「ベアトリス様の工房は、壁沿いを左回りに歩いて行くと辿り着ける。小さな森の奥にある、塔を伴った離れだ」

門番さんはギュスターヴさんからの書状を読み、僕が背負ったククルルくんを見て苦笑しながら頷くと、工房までの行き方を教えてくれた。

防犯上の問題があるから、部外者に地図は渡せないんだって。

案内人を付けてくれるとも言われたんだけど、その人が到着するまでに三十分は掛かると聞いて、丁重にお断りした。

だって、そんなにのんびりしてたら売店を開ける時間に間に合わなくなっちゃう！

ギュスターヴさんは、売店は心配するなって言ってたけど、モーリスさん一人じゃキラキラポーションの販売は大変だ。早めに帰らなきゃ。

「それにしても……お城って本当に広いんだね」

僕は教えられた通り、壁沿いを歩く。

敷地の端だからか人通りも少なく、石畳の細い道の横には草花もちらほら見える。

なんだかお城の中という感じがあまりしないな？

「あ、『日輪草《にちりんそう》』だ」

回復系ポーションの基本材料になる薬草だ。この辺りは日当たりがいいからか、まん丸の黄色い花が綺麗に咲いている。どこにでも生える草だけど、こんなところにもあるんだなあ。

そんなふうに思い、足下を見ていたら、僕の肩の上に乗っているプラムが『ねえ、ねえ』と頬をつついた。

「どうしたの？　プラム」

『ポヨヨ、ポヨ』

前を指（？）さし、首（？）を伸ばしている。

何か見つけたのかな？　と僕も前を向いて、思わず声が出た。

「わ、日輪草の道だ！」

白い石畳の両側が、黄色い日輪草でいっぱいになっていた。先に進めば進むほど日輪草は増え、まるで黄色の絨毯《じゅうたん》の上を歩いているよう。

「なんだかここの日輪草、品質がいいなあ。ちょっと摘《つ》んで帰りたい……」

『ポヨ！　ポヨヨッ』

トトトン！　とプラムに肩を叩かれ、今度はなんだ⁉　と顔を上げてまた前を見て、驚いた。

「すごい、本当に森がある！」

城壁の内側なのに！　門番さんが、ベアトリスさんの工房は森の奥にあるって言っていたけど……

「こんなにちゃんと森だなんて思わなかった」

走っていきたいけど、背中にククルルくんを背負っているので走れない。僕はできるだけ大股で、日輪草の中を進んでいった。

森としては小さい気がする。広さは迷宮城前広場くらいかな？

「プラム、離れないでね？　見失ったら見つけるのが大変そうだから」

『だいじょうぶだよ！』と笑うように、プラムはプルルと小さく震えると、僕の肩からぴょーんと飛び下り、楽しそうに跳ねる。

足下には白い石畳と日輪草。徐々に森が深くなると、その木漏れ日の下には『兎花《うさぎばな》』や『リコリス』が交じり始め、『黄金《おうごん》リコリス』の赤い花もある。

道を外れた辺りには、青や紫色の花、特徴的な形の葉を持つ薬草、実のついた草木も見える。

「いろんな素材がある……ここ、すごい」

こんな小さな森なのに、迷宮の浅層部から中層部までの素材が揃っているんじゃないかな？

漂う雰囲気というか、肌に感じる空気というか、地面からも木々からも、この森全体から魔力を感じる。

「……そうだ、迷宮だ」

「ん？」

『ポヨン！　ポヨヨン！』

先を歩いていたプラムが大きく飛び跳ね、『きて！　きて！』と僕を呼んでいる。

「何か見つけたの？　プラム……わっ！　泉⁉　綺麗な水場だ……あっ、水草が生えてる」

湧《わ》き水《みず》の泉かな？　澄《す》んだ水の中には、中級以上の魔法薬に使われる水草がいくつも揺れている。

周囲を見回せば、回復ポーションの材料になる『不忍草《しのばずそう》』や、珍しい『苔《こけ》の乙女《おとめ》の台座《だいざ》』まで。

採取したことのあるものも、図鑑でしか見たことがないものもある。

奥のほうには何やら蝶《ちょう》がひらひら飛んでいて、まさか『大瑠璃立羽《おおるりたては》』じゃないだろうな？　と心臓が高鳴った。

『大瑠璃立羽の虹羽《にじばね》』は、迷宮城の十五階層——中層部後半の階層でないと出会えない素材だ。

そういえば、ハーフエルフの女の子、リディと冒険者ギルドで初めて会った時、新人冒険者には採取は無理だって、リディが言われてたっけ。

「ん？　ククルルくんのお使いってなんだったんだろう？」

あれもこれも、そこにもここにも、魔法薬の素材として使える薬草だらけ。

こんなに豊かな森があっても、ククルルくんに迷宮城へ採取に行かせるなんて……ベアトリスさんが欲しかった素材ってなんだろう？

「迷宮城でだけ採れるものだったのかなぁ」

それもないことはない。たとえば『迷宮城《めいきゅうじょう》の井戸《いど》の水《みず》』。『迷宮城《めいきゅうじょう》の花園《はなぞの》に咲《さ》く薔薇《ばら》』。迷宮にはそれぞれ特有の素材があるものだ。

「それにしても、この森って……不自然なくらい素材が豊富すぎない？　あ、そうか。ここ『永《えい》久薬草壁《きゅうやくそうへき》』に似てるんだ」

永久薬草壁は、僕がハズレの塔で見つけた壁。新鮮で品質の高い薬草が、壁面から絶え間なく生えてくる、古王国時代の錬金術製魔道具だ。

前世で製薬スライムだったぼくと仲間たちはその薬草を食べ、日々ポーションなどの薬を作っていた。

この森も小さな場所に、あまりにも様々な属性、等級の素材がある。永久薬草壁と同じように、採取や栽培を目的として作られたみたいだ。

「もっと奥を探索したら、上級回復ポーションの素材になる『孔雀花《くじゃくばな》』なんかも採取できたりして……」

あってもおかしくない。だって、こんなにも魔力が満ちている。

プラムもここの魔力が気持ちいいのか、楽しそうに跳ねて遊んでるし。

ドキドキと心臓が速く打つ。本当なら迷宮城の奥深くまで潜らなきゃ採取できない素材が、僕でも手の届く場所にあるかもしれないんだもん！　知らない素材もあるかな？

「もしこの森の秘密を知ることができたら……今は少ししか薬草が生えてない塔の永久薬草壁も、昔みたいに戻せる……？」

それにこの森で採取も……採取してみたい……！　きっといい素材がいっぱいある。

「ベアトリスさんに聞いてみようかなぁ？　お願いしたら許してくれないかな……いや、採取のおねだりはだめだ。採取場は見つけた人や持っている人の財産だもん」

しかもここはお城の中。青銅級冒険者で駆け出し薬師の僕は、本来なら簡単に出入りできる場所じゃない。

「でも、気になるなぁ……この森について聞くくらいだったら……いいかな？　……うん、やっぱりベアトリスさんに聞いてみよう！」

「くぷー……くぷぷぅ」

背中から気の抜けるいびきが聞こえて、ハッと口を閉じた。あんまり大きな声を出すと起こしちゃうかも。

せっかくここまで背負ってきたんだから、このまま寝かせておいてあげたい。

「プラム～、先に進もう～」

僕は小声でプラムを呼んで、ベアトリスさんの工房を目指した。

森はどんどん深くなっていく。だけど明るいのは、ここに満ちる魔素のおかげかな？　魔素が満ちているから、迷宮も薄明《うすあか》るいって聞くし。

景色と素材を眺めつつ歩いていくと、こぢんまりとした工房が見えてきた。塔もある。

きっとここがベアトリスさんが滞在している場所だ。

コン、コン……

「子猫ちゃん!?」

「わっ!」

ノックの途中で急に扉が開いた。

僕の姿を確認もせず飛び出してきたのは、白のローブを羽織り、ピンク色の髪を少し乱したベアトリスさんだ。

「あら……ぼく」

「あの、ククルルくんを送ってきたんですけど……」

『ポヨ~』

僕がそう言うと、プラムが器用に手の形を作り、『しー』とベアトリスさんに伝える。

「あら……寝てるのねぇ？　この子」

「はい」

僕はククルルくんが『古王国のよく分からない古文書』を探して一晩中迷宮にいたこと、朝食屋台市で偶然会い、満腹になって寝てしまったことをベアトリスさんに話した。

寝入ったままのククルルくんを、ベアトリスさんが背負子から抱き上げて、お気に入りだという窓際のクッションにそっと寝かせた。

「まったく……仕方のない子猫ちゃんだわぁ。あら？　この包みはなぁに？」

「あ、それは朝食屋台市で買ったお土産です。ククルルくんが、ベアトリスさんに心配かけたかもしれないからって」

「あらあらぁ。本当はこの子、叱られないためにって言ってたでしょお？」

ベアトリスさん、ククルルくんのことをよく分かってる！

僕とプラムは顔を見合わせて、ふふっと笑った。

「ぼくたちもご苦労さまだったわぁ。何かご褒美をあげなくちゃいけないわねぇ。何がいいかしらぁ」

「あの！　じゃあ、ここの森について聞いてもいいですかっ」

ベアトリスさんは珊瑚色《さんごいろ》の爪を口元に当て、小首を傾げて微笑んでいる。

これは……僕の質問に答えるか考えてる？　あ、間髪《かんはつ》を容《い》れずにだめって言われないってことは、お願いの仕方次第では教えてくれるのかも！

「ここ、すごく不思議な森だなって……！　いろいろな素材が生えてますよね。小さな森なのに豊かで、お城の中なのにどうしてここだけ……何か秘密があるなら知りたい……です！」

言うだけ言ってみた。

この森が、ベアトリスさんが錬金術で作ったものなのか、魔道具による効果なのかは分からない。真似できるとも思わない。

けど、塔で朽《く》ちかけてる永久薬草壁を復活させるヒントになるんじゃないかな？

「ここで採取をしたいんじゃなくて、森の秘密を知りたいのねぇ？」

「はい」

「……ぼくはいい子だから、ちょっとだけ教えてあげるわぁ。この森にはね、精霊《せいれい》がいるの」

その言葉に、僕は目をぱちぱちと瞬いた。

「精霊が、今ここにいるんですか？」

精霊は古王国時代に存在し、人に力を貸してくれたと言われている。

現代の『魔法』よりも強力な、『魔術《まじゅつ》』や『錬金術』が使えたのも精霊のおかげらしい。

――だけど精霊は、古王国の滅亡と共に消えてしまったというのが定説だ。

精霊の助けがなくなったことで、人々は魔術や錬金術を使えなくなり、魔術は魔法に変化したんじゃないの？

古王国の滅亡以前にあった錬金術を使うには、【錬金】スキルか、魔人の血を持っていなければならない。

錬金術や魔術と魔法は、似てるけど魔力の使い方が違うんだ。

自身の魔力だけでなく、精霊の力も借りて使うのが、古王国時代の錬金術や魔術。自身の魔力だけを使うのが、今ある魔法だ。

ベアトリスさんは目を細め微笑んでいる。

その奥に見える瞳は金色。魔人の特徴だ。この笑みはどんな意味だろう？

ベアトリスさんの目には、使えもしない錬金術のことを知りたがる僕が、幼い子供のように見えるのかもしれない。それとも……錬金術のことを知りたいって言われたのが、ちょっと嬉しかったり？

「うふふ。ぼくは精霊がいることに驚いたのぉ？」

「お、驚きますよ！　……あの、精霊はこの近くにもいるんですか？」

僕は部屋を見回し、窓の外を見た。

魔力に満ちた明るい森。この森は精霊がいるから豊かで、生息するのに必要な魔力量が違う素材でも、永久薬草壁のように隣り合って生えることができるの？

「ぼくぅ？　精霊はね、消えたわけじゃないのよ。ただ眠っているだけで、彼らはそこかしこにいるのよ」

いるんだ。お伽噺《とぎばなし》でしかなかった精霊が、本当にいるんだ！

ゾワゾワッと鳥肌が立った。

ベアトリスさんが言っているからと、単純に信じたわけじゃない。

僕の目の前に、不思議な森が存在しているから本当だって思ったんだ。

「この森、精霊が作ったんですか……？」

「いいえ。作ったのは私よぉ。精霊の力を借りて、錬金術で魔力が満ちた森を作り、彼らに住んでもらっているの。いい森でしょ？　すぐに素材が採れるから、便利なのよぉ」

ベアトリスさんが「ふふふ！」と笑う。

やっぱり永久薬草壁と似ている。

「あの……たとえばですけど、この森の土をプランターに入れて持ち帰ったとして、素材を採取することはできますか？」

「うーん……どうかしらぁ。この森にかけた術をそのまま保持できたら、魔道具として利用することは可能なんじゃなぁい？」

「できるんだ……！」

「でもぉ、プランターと大地に根を張るのとでは、そもそもの魔力量が違うわぁ。だからこの森と同じような素材は採取できないと思うわよぉ？」

「そっか……魔力量……」

でも、逆に言えば、魔力量をこの森と同じくらいまで高められたら、同じ素材が採れる……？

僕はブルルと、肩に乗るプラムみたいに期待で震えた。

永久薬草壁はこの森と同じく、錬金術で作られたものだけど、大地から栄養素や魔力をもらっているわけでもない。

それなら、塔の永久薬草壁は切り取って持ってくることが……できる？

術を保持する方法も考えなきゃだけど、うーん……掛けられている術を保持って、どうすればいいんだろう？

「まぁまぁ。澄んだ瞳をキラキラ輝かせちゃって。何を企んでいるのかしらぁ？　ぼくぅ」

屈んで目線を合わせたベアトリスさんが、ちょん、と僕の鼻をつつく。

わ、ベアトリスさんの金色の瞳が燦燦《さんさん》と輝いている。これは……怒らせた？　面白がってるだけ？

「言いなさい？　いいお返事だったら、もう一つご褒美をあげるわぁ。ふふ」

ご褒美、欲しい！　できれば『術を保持したまま、森の一部を切り取る方法』を教えてほしい！

きっと永久薬草壁にも応用できる！

「僕、ちょっと面白い魔道具を見つけたんです！　それはこの森に似ていて、動かすのが難しいもので……」

「ふふ、だから『この森の土をプランターに入れて持ち帰ったとして～』なんて質問をしたのねぇ？　ふぅん。森に似た魔道具ねぇ……興味あるわぁ」

ベアトリスさんは目を細め、珊瑚色の唇を三日月型にして言う。

「いいわ。術を維持したまま持ち帰る方法を教えてあげる。でも、よかったらその魔道具を見せてくれないかしらぁ？　お姉さん、きっと役に立つわよぉ？」

「……見たいんですか？」

どうしよう。塔に連れていくのは迷う。うーん……まだ秘密にしておきたいし……

チラリとベアトリスさんの顔を窺《うかが》う。

「それは恐らく迷宮――古王国の遺跡にあったものでしょお？　私は古王国時代の魔道具の研究をしてるの。この森も研究の一環よぉ」

古王国時代の魔道具の研究！　えっ、じゃあ永久薬草壁のことを相談できる専門家……！

「お返事は？　見せてくれるのかしらぁ？　ぼくぅ？」

「……僕がやってみたいことを試した後なら」

生意気なこと言っちゃったかな。

でも、もう少しだけ。あの素敵な工房を僕のものにしておきたい。

「それで構わないわぁ。そうねぇ……ぼくが存分にお試しできるよう、この本を貸してあげるわぁ。錬金術で魔道具を作る方法と、その管理について書かれた初心者向けの本よぉ」

ベアトリスさんが、積まれた書物の中から一冊の本を引っ張り出し、僕に手渡した。

恐る恐る開いてみると、中身は古文字だった。

文字が大きくて挿絵もある。なんだか孤児院で使ってた教科書みたいだ。

分かりやすそうでちょっとホッとした。

「ここの森なら、精霊の力を借りれば一部を切り取ることは簡単だけどぉ……迷宮の魔道具はどうかしらねぇ。仮説だけど、精霊の代わりに迷宮の魔力を拝借して、術を維持しているんじゃないかと思うのぉ。だからそれに代わるくらいの魔力で包めば、術を保持したまま切り取れるんじゃないかしらぁ？」

「大量の魔力が必要だ……」

僕の魔力で足りるかなあ？　思わず眉を寄せてしまう。

「迷宮の魔力といっても、その魔道具が迷宮から拝借しているうちの一部でいいのぉ。切り取った分の魔道具を生かす魔力量があればいいのよぉ」

「あ、そっか。それなら……」

大丈夫かもしれない。前世の記憶を思い出してから、だいぶ魔力が増えた感じがするし、やってみよう。

「ふふっ。本を読んでみて、どうしても分からなければ私に相談なさぁい。ぼくのキラキラポーションと引き換えで、手助けしてあげてもいいわよぉ？」

ベアトリスさんはクスクス笑う。

僕が黙り込んでしまったのを見て、自信がないと思ったみたいだ。

でも最初から『やってあげる』と言わないのがベアトリスさんっぽい。優しいけど厳しい。

僕のことを一人前として扱ってくれてるところが、ちょっとギュスターヴさんと似てるかも。

「本をありがとうございます！　僕、やってみます」


工房を出て森を抜け、城門をくぐったところで僕は駆け出した。

思ったよりのんびりしちゃったから、大急ぎでギルドに戻らなくっちゃ！

「ん？　プラムどうしたの？」

肩の上のプラムが震えているような？

「疲れちゃった？　あ、魔力酔いした!?」

魔力酔いとは、乗り物酔いのようなもの。気持ち悪くなったり、貧血のような症状が出たりする。

強い魔力を帯びた魔道具を使ったり、極端に魔素が濃い土地に入ったりした時に、魔力酔いをすることがある。これには個人差があるんだけどね。

ベアトリスさんの工房があった森は、急にそこだけ魔素濃度が上がっていた。

徐々に濃度が上がるなら酔うことは少ないけど、濃度の上昇が急だと体がびっくりしてしまうのだ。

高い山に登る時、高度順応《こうどじゅんのう》をするように、少しずつ体を慣らすと魔力酔いは防げる。

今回は森にいたのが短時間だったからか、僕は大丈夫だったけど……

「プラムは魔物だから、僕よりも魔力に敏感なのかな」

『プルル、ポヨン』

伝わってくる気持ちを読むと『よってはいないけど、ちょっとつかれちゃった』だって。

あ、ちなみに高濃度の魔素といえば迷宮だけど、迷宮は深くなるにつれ徐々に魔素が濃くなっていくので、浅層部から深層部にワープでもしない限り、魔力酔いの心配はないらしい。

◆　◆　◆

「モーリスさーん！　キラキラポーション、これで最後です！」

「ええっ、もう⁉　参ったな～」

冒険者ギルドの売店担当のモーリスさんは困った顔をして、『本日、残り一箱にて終了』の立て札を掲げた。

すると並んでいた冒険者からも「ええ～⁉」という不満の声が上がった。

「一人一本だ！　作り手はロイ一人なんだから、数に限りがあるのは納得してくれ」

モーリスさんが言うその陰で、僕はカウンターの下に隠れ、モーリスさんに最後のポーションを渡す。

なぜこんなふうに隠れているかと言えば、僕が顔を出すと、たちの悪い冒険者に「もっと安くしろ」とか「もっと作れ！」と詰め寄られるからだ。

いつもなら、売り場にポーションを補充するのはプラムの役目。だけど今日はリディと一緒に採取へ出掛けたので、僕がこっそり代わりをしている。

プラムは腕（？）を何本も伸ばしてポーションを並べつつ、お客さんに手渡すこともできる。

売店で働くプラムは最初こそ驚かれていたけど、今やみんなにも、モーリスさんにも可愛がられていて、僕はちょっと嬉しい。

みんなにスライムの可愛さと、プラムの優秀さを分かってもらえたみたいだ。

「ロイ、残りあといくつだ？」

「二本だよ」

こそこそと小声でやり取りをして、最後の二本を手渡す。それと、この立て札も一緒にだ。

『キラキラポーション完売』。その札を売り場に置いた途端、売店にできていた列がサーッと引いた。

「ふぅ。今日はちょっと売り切れるのが早かったね」

「そうだな。まだ昼前だから、うるさい客が出そうだなあ」

僕の言葉にモーリスさんがぼやく。

子供じゃ舐められるからって、僕の代わりに面倒なお客さんに対応してくれてるんだよね。

申し訳ない……

「えっと、これ……モーリスさんにあげるね」

僕が個人的に持っていた栄養剤代わりのキラキラポーションだ。これで疲れも癒《い》えるはず！

――僕が売り出したキラキラポーションは、毎日よく売れている。

値段は初級ポーションの二倍。初級ポーションよりは高価だけど、中級ポーションよりは安価。

効果も初級よりはもちろん高く、中級よりは控えめだ。

中級ポーションは駆け出し冒険者にとって、使うことを躊躇《ちゅうちょ》する値段だ。中堅冒険者にとっても、使う機会が多いせいで、手軽な値段とは言い難い。

だから僕のキラキラポーションは、無理をしがちな駆け出しにはちょうどいいお守りとして、中堅には無理なく使えるポーションとして重宝され始めている。よかった！

あと、飲んだ時にキラキラ光るところが面白がられているらしい。

「ロイ。今日はもう、キラキラポーションの追加はなしか？　夕方にはまた、明日のためにって買いに来る奴らがいると思うぞ？」

「うーん、でも材料がないから、今日はこれでおしまい。明日になればリディが薬草を持ってきてくれると思うけど……」

リディは毎日のように迷宮に潜り、僕に売る薬草を採取してきてくれている。

そうして採取した大量の素材は、孤児院に持ち込み、下処理をお願いしている。

これはリディの『名を上げて叔父さんに独り立ちを認めてもらう』という目的のため。

孤児院に依頼をすることは、孤児院だけでなく、巡り巡って街への貢献になるからね。

それを新人の青銅級冒険者の女の子がやったなら、きっと評判になるはずだ。

そして今日みたいにプラムがいない間の僕は、ギルドの売店を手伝ったり、キラキラポーションを作ったりしている。

でも一瞬で下拵《したごしら》えをしてくれるプラムがいないポーション作りは、少々時間がかかる。

キラキラポーションの売れ行きはいいし、出せば出すだけ売れるけど、僕が一度に作れる数には限りがあるので、どうしても数量限定での販売になってしまう。

キラキラポーションを買うために早くから並ぶ冒険者もいて、ギルドの売店は毎日大混雑だ。

僕も調合——というか、【製薬】スキルでポーションを作るのは楽しいんだけど……

この状況って、ちょっとどうなんだろう？

「ねえ、モーリスさん。キラキラポーション、少し売りすぎじゃないかなぁ？　そろそろ欲しい人に行き渡ったんじゃない？」

あんまり売りすぎて値崩れするのも困る。

中級ポーションよりは安くて使いやすいっていうのは分かるけど、そこまで売れ行きが継続するとは思えない。

「いい加減、売れ行きも落ち着きそうな気がするんだけど……」

「そうでもねぇと思うぞ」

ひょっこり顔を出したのはギュスターヴさんだ。

「あ、お疲れさまです！　ギュスターヴさん」

最近は忙しいみたいでよく執務室に籠《こ》もってるんだけど、様子を見にきてくれたのかな？

あとでギュスターヴさんにもキラキラポーションを作ってあげよう。

「ポーションの売れ行きはしばらく変わらねぇと思う。どうも最近、迷宮の様子が妙だからな。お前も西の崖のハズレで酔狂山羊《サテュロス》に遭遇しただろ？　場にそぐわない強い魔物が出始めててな。キラキラポーションはかなり使われてるって話だ」

「そうなんだ……売れるのは嬉しいけど怖いなあ」

「お前もそろそろ迷宮に採取しに行きたいんだろ。ロイ」

「うん。せっかく冒険者になったんだもん！　キラキラポーションの販売は少し控えめにして採取に行こうと思ってたんだけど、欲しい人が多いなら今まで通り作るのがいいかなぁ」

迷う。それにキラキラポーションは売れてるけど、まだ宿屋暮らしができるほどお金は貯まってない。部屋を借りるなら全然足りない。

一人で生活するにはお金が必要だって、身に染みていたところだ。

「あー……ギルド長。俺からお話ししたいことがありまして……」

モーリスさんがチラリと僕を見て、言いにくそうに口を開いた。

話によると、他の委託販売の売り主や、一部のお客さんから苦情が来ているらしい。

話題の商品に人気が偏って売り上げが落ちるのは仕方ないが、キラキラポーション目当ての人が多すぎて困っているという。

他のものを買いに来たお客さんが、、長い列にうんざりしているとか、お得意さんがギルド外の店に流れてるとか。

そんな苦情が来てたなんて僕、気付いてなかった……！

「それと……ギルド長の言うように売れ行きが変わらなそうなら、人を入れてもらわないと俺もしんどいです。ごめんな、ロイ」

「いえ！　僕こそごめんなさい……」

モーリスさんにはかなり負担を掛けてると僕も思う。ごはんを食べる暇さえないんだもん。

キラキラポーション、後でもう何十本もあげなきゃ……

「そのことは俺の耳にも入ってる。モーリスには何か見返りを用意すると約束しよう。で、キラキラポーションだが……冒険者ギルドに専用の売店を作らないか？　どうだ？　ロイ」

「えっ！　専用のって……僕のお店ってこと⁉」

リディに『お店も持てそうね！』って前に言われたけど、まだまだ遠い夢だと思っていた。

屋台でお店を開けないか、ギュスターヴさんに相談してみようかなって考えていただけだったのに……ギルド内にお店を持てるの⁉

「はは！　小さな売店だけどな。実はここ数日、その調整をしてたんだ」

そう言って見せてくれたのは、領主様に提出する書類。

ギュスターヴさんが忙しそうだったのって、これのせいだったんだ。

「ロイのキラキラポーションは、たぶん魔法薬師ギルドも把握している。だから先手を打って、領主様に『冒険者ギルド所属の新人が、こういう新ポーションを作りました。とても有効です。できれば国王陛下にもお話をしてください』っていう書類を出したいと思う。いいか？　ロイ」

「い、いいけど……領主様だけじゃなくって国王陛下まで⁉　そんなに大ごとにしなくても……っていうか、ただのポーションだよ⁉」

恐れ多すぎる！　領主様なんて見たことも会ったこともないし、国王陛下なんて、僕にとっては、雲の上の人だ。

「ただのポーションじゃないんだよなぁ」

「ただのポーションじゃねぇんだよ、ロイ」

大人二人が呆れた顔でそう言った。

まあ、確かに……ただのポーションは光らないけど……？

でもポーションはポーションでしょう？　王様に報告するほどのものじゃないと思う。

「新しい種類のポーションができて、しかもそれを作れるのは今のところロイだけ。さらにだ。十二年に一度、迷宮城が組み変わる『十二迷刻《じゅうにめいこく》』がそろそろ巡ってくる。使い勝手のいいポーションってのは十分に大事だ」

「そうなんだ……」

「この書類は、ロイとキラキラポーションを守るためのものだ。あとでゆっくり読んで、いいと思ったらサインしてくれ。で、これはキラキラポーション専用の売店に関する書類。こっちも確認してくれ」

追加で渡されたのは、冒険者ギルドに売店を出す申請書だ。

売店の場所は、食堂とホールの間。ここなら列ができても、ホールに人を流せるからそれほど邪魔にはならない。

「ロイにサインさえもらえれば、明日からでも専用売店を開けるぞ。許可証はもう用意してあるし、売り場の設置もすぐできる」

「えっ！　そんなにすぐに？」

「冒険者ギルド内だからな。俺の気分次第だ」

ニッと悪い顔でギュスターヴさんが笑う。

それはそうだ。だってギルド長なんだもん。

でも僕だけじゃなく、モーリスさんもギルドの他のみんなも、ギュスターヴさんが個人の気分でギルドを動かすことなんかないって知っている。

ギュスターヴさんが権力を使うのは、いつだって冒険者のため、迷宮都市のためだ。

「ギュスターヴさん、ペンを貸して。僕、どっちの書類もサインします！　ギュスターヴさんが考えて作ってくれた書類なら信頼できるもん」

「お前なあ……信用しすぎだ。俺が金に目が眩《くら》んでたらどうするんだよ」

「ないでしょ？　だってギュスターヴさんだもん」

そう言って僕が見上げたら、少し照れたような顔のギュスターヴさんが、僕の背中を掌で叩いた。

ふふっ！　これは一人前に扱ってくれてる証《あかし》だ。

……でも、照れ隠しなのか今日のはちょっと痛いぞ。

◆　◆　◆

「それじゃ、いってきます！」

書類にサインをして、僕はリュックを背負ってギルドを出た。

今日は採取依頼はしない。向かうのは『西の崖のハズレ』にある、あの塔の工房だから。

「今から行って帰って……ギリギリ日が落ちる頃には戻ってこられるかな？」

思いのほか早くキラキラポーションが売り切れちゃったから、午後の時間がぽっかり空いてしまった。

リディとプラムはまだ迷宮城で採取中だし、僕の手元にキラキラポーションの材料はないからポーション作りも無理。それなら、ずっと気になっていた永久薬草壁の様子を見に行っちゃおう！　って、急いで準備をして出てきた。

「ベアトリスさんに借りた本もあるし、永久薬草壁の管理日誌もある。この二冊を見れば、たぶん今までよりいい手入れができると思うんだよね」

永久薬草壁は、徐々に元気をなくしてしまっている。

あんな素晴らしい古王国時代の魔道具を朽《く》ちさせるわけにはいかない。早く対処しなきゃ。

「まあ、ベアトリスさんに塔を見せるのが一番なんだろうけど……」

『……僕がやってみたいことを試した後なら』って言ったのは僕だ。

ベアトリスさんも、それならってこの本を貸してくれたんじゃないか。

「国一番の錬金術師に助言までもらったんだもん。きっとできる」

そう呟いて、僕はベアトリスさんに借りたばかりの本を開き、ハズレへと続く街道を歩いた。

あ、真っ昼間の街道は安全だから、本を読みながらでも大丈夫なんだよ。

ラブリュスは大きな街で、街道には多くの馬車や人が行き交っているし、周囲の治安もいいんだ。

僕は街道を横に逸《そ》れ、ハズレへ向かう橋を渡る。さすがにこの辺りで本はしまった。

ハズレとはいえ、もう迷宮は目と鼻の先にある。油断はしちゃいけない。

「今日は強い魔物に出会わないことを祈ろう」

前回来た時には、迷宮城の中層部に出る魔物、酔狂山羊《サテュロス》に遭遇してしまった。

あれは異常に魔素が濃くなっていた『坪庭の魔素溜まり』のせいで、どこからか湧いてきたか、誘い出されたのかだろう。

「魔素溜まりの濃度を下げる処理はしたって聞いたし、また酔狂山羊《サテュロス》がいたとしても、前回酔狂山羊《サテュロス》に出会った場所に近寄らなければ大丈夫」

人も魔物も、それぞれに適した魔素濃度というものがある。

たとえば酔狂山羊《サテュロス》は、迷宮城の中層部くらいの魔素濃度の中でしか活動できない。

ハズレのような魔素濃度の低い迷宮では、魔素が足りなくて上手く動けない。だから魔素溜まりに近付かなければ、ほぼ安全ということだ。

「――うん。いつも通りだね」

僕はそーっとハズレの中を覗き込み様子を窺った。人影も魔物の気配もない。薄明るい、いつものハズレだ。僕は塔を目指し、ずんずんと進んでいった。

「あっ、彩野カブだ。『彩人参《あやにんじん》』も！　『彩豆《あやまめ》』もある！」

豊作だあ！　僕はウキウキで採取用のスコップと鋏《はさみ》を取り出した。

彩野カブと彩人参はいつでもここで採取できるけど、彩豆は久しぶりに見た。

人差し指くらいの大きさのさやにプリプリの豆が詰まっていて美味しそう！

彩豆は名前の通り、色とりどりのさやで、茹《ゆ》でたり蒸したりして食べると甘くて美味しい。

皮が硬めな紫色の彩豆は煮込み料理に向いてるんだって。

「帰ったら簡易キッチンを借りてスープでも作ろうかな？　あ、食堂が買い取り依頼出してるかも？　ちょっと多めに採っていこ……ん？　あっぶない、これ『爆裂豆《ばくれつまめ》』だ」

爆裂豆は彩豆とよく似た植物だ。毒はないけど、集めて衝撃を加えると爆発するので要注意。さやの端から出てる、くるんとした蔓《つる》を取ってしまえば爆発しないけど。

「素材として使えるし、少し採っていこう。あ、『燃草《もえくさ》』もある。あっ！　『毒燃草《どくもえくさ》』も」

今日は本当に素材が豊富でびっくり。でも、見た目が似てる燃草と毒燃草が一緒に生えてるのは怖いなぁ。

燃草は焚付《たきつ》けとして重宝される、よく燃える無毒の草。毒燃草は、前にハズレで酔狂山羊《サテュロス》に出会った時に、プラムが攻撃に使った毒草だ。燃草と取り違えて火を点けたら、大変なことになる。触るのも危険なので、僕はポーチから防水布で作った袋を取り出し、袋に手を入れてそーっと採取した。

毒燃草と同じ火属性の爆裂豆は、素材を膨らませたい時や、料理でも使うことがある。毒の成分や爆発する厄介な性質も使いようだ。

「今日は採取用の準備もないし、ちょっとだけ」

毒燃草は集めると爆発するからね！　火属性を弱める袋とか、防水布に一房ずつ入れるとかしないと危険なんだ。

「ふう。思った以上にいろいろ採取できちゃった」

いくつかの採取袋に素材を詰め込んでリュックにしまう。

習慣で背負ってきただけだったけど、持ってきておいてよかった！

だいぶ重くなったリュックに思わずにんまりだ。

僕は先を急ぎつつ、リディにお願いしていない素材を見つけては採取していった。

「――ん？」

視界の隅《すみ》。岩陰や木陰で小さな何かが動いたような？

そう思って覗き込んだら、緑、青、薄緑、様々な色のスライムがいた。

「なんか……多くない？」

ハズレのどこにでもいるスライムだけど、それにしても数が多い気がする。

いつもなら、ちらほら見かける程度なのに……

小さな異変だけど、こういうのは馬鹿にできない。

僕は採取道具をしまい、先を急ぐことにした。そして崖に差し掛かったところで、ぴたりと足を止めた。

「えっ？　水……？」

塔へ続く崖の手前に、大きな水溜まりがあった。

おかしいな。僕は洞窟を見上げ、水が滴ってきていないか確認する。

さすがに天井付近は薄暗くてよく見えないけど、水が落ちてくる感じはない。

こんなところから水が湧き出るとも思えないし、どこからか流れてきたのかな？

そう思い右手の岩壁を観察してみるけど、そんな様子もない。

「おかしいな……」

僕は恐る恐る水溜まりを覗き込む。飛び越すのは無理そうだけど、バシャンといってしまったら服を汚してしまう。ズボンはこれ一着しか持ってないから汚したくない。

「ん？　虹色の……油膜《ゆまく》？」

よーく見ると水面の一部が虹色に揺らめいている。しゃぼん玉の表面みたいだ。

「何か未知の素材だったりして！　汲《く》んでみようかな？」

リュックを下ろしてコップを取り出す。しゃがみ込んでワクワク手を伸ばすと――プルルン！

水面が急に揺れた。

「わっ⁉」

違う、水じゃない！　これ――

「スライムだ！」

でろんと水溜まり状に広がっていた体が、プルプルと震えながら丸くなり起き上がる。

体長は僕の腰ほど。大きな個体だ。

透明な水面だと思っていたけど、その体は半透明。ブルリと揺れる体表は虹色に揺らめいている。

そっか、透明に見えたのは、周囲の岩壁や僕の姿を鏡のように映していたからか。

「びっくりしたぁ」

僕はナイフの柄に手を掛け、じりじり後ずさる。

スライムは大抵無害だけど、虫の居所が悪いこともあるだろう。もしこんな大きい子に飛びつかれたら、一人で引《ひ》っ剝《ぺ》がすのは難しい。

「寝てたのかな？　ごめんね、僕はここを通りたいだけなんだ。通ってもいい？」

僕の【友誼】には、スキル効果《スライム》《以心伝心》がある。

テイムしていない魔物にも通用するかは分からないけど、元同族のよしみで通じる気もする。

『ぷるぷる、ぷるぷる』

僕の真正面から動かず、何かを考えるようにゆったり体を揺らす大きなスライム。そして、体をみょーんと伸ばした。

襲われる⁉　と身構えたけど、大きなスライムは僕の頭の高さまで伸びると、その表面に僕の姿を映して揺れるだけだった。

敵意は感じないし、もしかして遊んでるのかな？

「ふふっ。はじめまして、僕はロイ。ラブリュスに住んでる駆け出し薬師だよ」

そうっと手を差し出す。スライムに映った僕も手を差し出すけど、プラムのように『にゅっ』と手（？）が伸びることはない。まだ警戒されてるか？

『ぷるぷる』

「驚かしたならごめんね。それじゃ、僕は行くね。横を通るけど何もしないから安心してね？」

大丈夫だよ、と両手を上げてみせながら、静かにスライムの横を通り過ぎる。

大きなスライムは『ぷるぷる、ぷるぷる』と揺れながら、離れていく僕を見つめて（？）いた。

「大きくて可愛いスライムだったなぁ。プラムがいたら、友達になれたかも？」

プラムは人懐こいし、明るい性格の子だから、誰とでもすぐに仲良くなれそうな気がする。

いつものポイントまで行くと、僕は縄梯子を使って崖を下り、塔へと続く岩壁の隙間へ、体を滑らせた。

その直前、ふと見上げてみたら、崖の上にあのスライムが佇《たたず》んでいた。

◆　◆　◆

塔に着き、さっそく永久薬草壁の状態を確認する。

まずは僕が前世で暮らしていた部屋——スライム部屋って呼ぼうかな。そこの壁から見てみる。

「うーん……よくないなあ」

生えている薬草は見るからに元気がない。ツヤとハリがなく、数も減っている気がする。

僕はそのまま地下の工房へ向かい、すぐに壁を確認した。

「あれっ、こっちは前より増えてる？」

日輪草、不忍草、下のほうには黄金リコリスもある。それから孔雀花、前はなかった『七翠玉《しちすいぎょく》ブドウ』もある。量だけでなく、種類まで増えてる！

「なんで増えたんだろう……魔素が濃くなってるとか？」

普通に考えればそうだ。上のスライム部屋は地上に露出しているから、魔素が溜まらない。

しかしこの工房は地中にある。迷宮の影響がスライム部屋よりも強くて、出口にしてる穴から魔素は出て行っても、上階ほどじゃないはずだ。

「でも、これだけ状態がよくなってるなら、ベアトリスさんが言ってた通り、魔力で包んで切り取るっていうの試してみたいなぁ」

僕は生えている薬草の種類と状態、薬草が茂る壁の広さをノートに記して、呟く。

だけど、どうやって魔力で包んで切り取ればいいのかよく分からない。

それに感覚だけど、今日、あらためてこの壁に触れてみたら、僕の魔力量じゃまだ足りなそうな気がした。

「うーん。何か役に立ちそうな本とかノートが残ってないか、もっとここを調べてみよ！　永久薬草壁に関するものか……ポーションか……」

並ぶ背表紙を見て探す。

ノートやファイルだと、貼られたタイトルシールが剥がれていたり、そもそもなかったりで、一見しただけでは内容まで分からない。けど今日は中身をしっかり読むのは我慢だ。

あんまり長居はできないからね。

「『スライムの健康記録』……『スライムの変異種について』……ちょっと気になるな」

スライム関連のものが多い。そのうち読みたいけど、今日は違うのを……

そんなふうに探しながらも、僕の意識はもっさり茂った永久薬草壁にいってしまう。

数日であんなに回復するとは思わなかった。それどころか生えてる薬草が増えてたし、もしかして壁が成長しているのかな？

「魔素を吸収したとか……？　これも十二迷刻の前に起こるっていう迷宮の異変だったり……」

僕は背表紙をなぞる指を止めて呟く。

本当にそうなのかは分からないけど、やっぱりハズレであっても用心しなくちゃ。もっと鍛えるか、攻撃魔法の練習をしてみたほうがいいかもしれない。

「……『スライムが作る危険物』……」

僕の指先はちょうど、そんなタイトルのファイルの背表紙で止まっていた。

毒。前世の僕も作ったことがある。今世ではまだ作ったことはないけど……

「そうだ！　僕らしい攻撃をすればいいんだ！」

僕は『スライムが作る危険物』のファイルを引っ張りだし、パラパラとめくっていく。

「あ、この辺の作れそう」

記載されていた材料は、爆裂豆と七翠玉ブドウ、毒燃草とその実、苦銀糸《にがぎんし》の葉だ。

並んでいる順番に危険度が上がっている。

注釈には『はじける感触を好む変わったスライムが製薬していたが、原料の素材を苦手とするスライムも多く、あまり量は作れない』とある。

変わったスライムかぁ……まあ、スライムにも個性はあるよね。

僕はポーション作りが好きだったし。

「とりあえず素材の泥を落として……刻めるものは刻んでみようかなあ」

僕の【製薬】スキルは、下処理や下拵えをしたほうが、品質の高いものが作れる。

だからできるだけ丁寧に下拵えをしてやる。

といっても、危険な素材なので、準備をしていない今日はあまり触れられないけど。

この『スライムが作る危険物』には、レシピらしいレシピは書いていない。製薬スライムが作ったものを記録しただけだからだ。

製薬スライムは、素材を食べるように取り込んで、【製薬】スキルで薬玉を作り出す。

さすが錬金王が作り出したスライムだと思う。薬玉って扱いやすい形だもん。

もし膜がない液体のままで生成されたら、回収するのが大変だ。

「素材の種類、量や割合が分かっても、製薬スライムはスキルで薬を作るから、人間にはレシピが分からないんだよね」

だから人の手でそれを作るには、その手順を知ることが必要になる。

「でも、僕に人のレシピは必要ない」

並べた素材に意識を集中し、魔力を練り上げる。

僕だけのスキルと、製薬スライムだった頃の感覚。

「スキル【製薬】！」

それがあれば、材料だけのあやふやなレシピでも大丈夫だ！

「【爆裂豆と七翠玉ブドウで作る危険物】!!」

キララと掌《てのひら》に魔力が集まり、次の瞬間、カッ！　と素材が光に包まれる。

――そうか。これはそれほど危険じゃない爆裂豆の威力を、七翠玉ブドウの濃縮された魔素で底上げしてるんだ。名前は……

「これは『爆裂《ばくれつ》ブドウ弾《だん》』！」

コロン。机の上には深緑色をした薬玉が数個出来上がっていた。

キラキラ輝くそれを見ていたら、頭の中に効果や威力が視《み》えてきた。

自分が作った薬玉にもスキル効果《素材解《そざいかい》》と《レシピ解《かい》》が適用されてるみたい！

爆裂ブドウ弾は、爆風で対象を吹き飛ばす効果があるようだ。

火薬と違い、火はおこらず、爆風が出るだけらしい。

「火も毒もないなら、使いやすそう……？」

狭い場所じゃなければ、イケそうだ。

僕は新しく作り出した薬玉を掲げにんまりする。

ああー！　ポーションじゃないけど、新しいものを作るのって楽しい！

「ふふふ！　さあ、次は【毒燃草とその実で作る危険物】！」

手元がカッと光り、次にできた薬玉は赤色をしていた。

スキル効果で視てみると思った通り。これはプラムが酔狂山羊《サテュロス》に投げつけた、あの凶悪な薬玉だ。

「わあ……危ないやつができちゃった。『毒燃弾《どくもえだん》』か」

落とさないように気を付けて……と。

毒燃弾をちょっと端に除《よ》け、次の素材に掌を向ける。

「最後は、【毒燃草と苦銀糸の葉で作る危険物】！」

触れるだけで火傷する毒燃草と、硬い苦銀糸の葉を組み合わせるなんて危険な匂いしかしない!!

魔力を注ぐと、今度はピカッと大きく光った。

出来上がったのは、深紅に輝く薬玉――『毒燃針弾《どくもえはりだん》』だって。

「うわぁ。針が飛び散る爆弾だぁ……こわっ！」

慎重に使おう。いや、こんな危ない爆弾は使わずに済んでほしい。

これを使うってどんな場面なのか……強い魔物に囲まれた時とか？

想像したら、ブルルッとプラムみたいに震えてしまった。

「それにしてもこれ、どうやって持ち帰ろう？」

深緑、赤、深紅。三つの物騒な薬玉を前に腕組みをして考える。

どれも強い衝撃を加えると爆発するみたいだから、持ち歩くなら、衝撃が伝わらないようにしなきゃ危険だ。

「何かないかな……」

そして目に留まったのは、箱に山積みになっていた古王国時代のポーション瓶だ。

この瓶、今のものと形が違うだけじゃなくて、やけに軽くて薄い硝子《がらす》で作られてるんだよね。

試しに、《素材解》で瓶を調べてみる。

「あ、これ『軽量硝子《けいりょうがらす》』って言うんだ。【重量軽減《じゅうりょうけいげん》】【強化《きょうか》】【保護《ほご》】……すごい、いくつもの効果が瓶に掛かってる……！」

これなら危険な薬玉でも安全に持ち運べるんじゃない？

うん、大丈夫そうだ！

スポッ。スポン！

僕は軽くて丈夫な『古王国のポーション瓶』に薬玉を近付け、次々に収納していく。

「ふう。これで安心。あー、この『古王国のポーション瓶』も作りたいなぁ！　ううん、でも知らない素材が入ってる……どこで採れる素材なんだろう」

スキルで必要な素材が分かっても、その素材自体を知らなければ作れるはずがない。

まだまだ勉強不足だと痛感した。

◆　◆　◆

冒険者ギルドに戻ったのは日が暮れる頃だった。

ちょうど依頼を済ませた冒険者で混雑する時間帯。

僕は表側ではなく、裏口から直接、借りている部屋に戻ることにした。

普通の宿屋ならカウンターで鍵をもらわなきゃいけないけど、ここは冒険者ギルド。

左腕につけた青銅級冒険者の腕輪が鍵代わりになる。

僕の魔力が登録されていて、自分が借りた部屋の鍵の開閉ができるんだって。

「ん？　なんだろ」

僕の部屋の扉に袋が掛かっている。不思議に思いながら袋を覗いてみると、中身はシャツとズボン、靴下も入っていた。

「えっ？　あ、洗濯物……じゃないな、上等な生地だ」

すると二つ折りにされたカードに気が付いた。この字、ギュスターヴさんだ。

『俺のお古だが、よかったら着てくれ。マシなのを選んだがサイズは勘弁しろ。靴下だけは新品だ』

「わ、やった！」

きっと裏庭に干してあった、ヨレヨレの洗濯物を見たんだろう。

僕の服は奉公先のお仕着せだ。新しい服をもらったのは、先代さんが亡くなる一年前。ちょうど次の新しいものが支給される直前に、亡くなってしまったんだ。

「新しく来た旦那様は服をくれなかったから、もうずっと同じのを着てたんだよね……」

成長期だからって大きめの服をもらっていたけど、さすがに袖や裾が短くなってしまった。あと洗濯のしすぎで薄くなって擦り切れそうだし、落ちない汚れもあった。

僕は袋を手にウキウキ気分で部屋に入り、さっそくシャツを広げてみる。

「わー、大きい！　お古っていっても綺麗だ！　うん、袖をまくっちゃえば全然着られる！」

肌触りもいいし、ズボンも丈夫そう。

今履いてるのと似たような色を選んでくれたみたいだから、ベストとも合う。

「へへへ」

新しい服を抱きかかえ、僕はごろんとベッドに転がった。

――ギュスターヴさん、やっぱり分かってるなぁ。

新品じゃなくてお古をくれたのは、わざとだろう。

キラキラポーションを売り出して、駆け出しのくせに急に目立ち出した僕。

同じ青銅級冒険者は、きっと面白く思っていない。実際に小さな意地悪をされることもあるしね。

持っているスキルによって、稼ぎは随分変わる。冒険者でなくてもそういうものだけど、僕の恵まれたスキルと稼ぎは、妬《ねた》みの対象になってしまう。

「キラキラポーションは、中級ポーションよりは安価っていっても、青銅級の駆け出しには高価だもんなあ。」

独立したばかり。田舎から出てきたばかり。そんなラブリュスに来たばかりの冒険者は、僕がギュスターヴさんに拾われたことなんて知らない。

「新品なんてくれたら、ギルド長が贔屓《ひいき》してると思われちゃうし、僕もここでやり辛くなるもんね」

だからサイズの合っていない、あきらかにお下がりの服がちょうどいい。

「ふふ！　でもギュスターヴさんも、ちょこっと分かってないなぁ～」

僕はギュスターヴさんに憧れているから、お下がりはかなり嬉しい！

あと、これってその辺で買える新品の服より上等な気がする。手触りがよすぎる……！

「早くこの服がぴったりになるくらい大きくなりたいなー」

いっぱい食べよ！

第二章　ロイのキラキラポーション専門店と不思議な噂

翌日。今日はだいぶ早めに部屋を出た。

ギルドが開くまでに、僕専用の新しい売店を準備しなくちゃいけないからね。

僕は長い袖をまくりながら意気込む。

今日からまた心機一転！　と思って、さっそくギュスターヴさんがくれたシャツを着てきた。サイズは大きいけど、柔らかくて滑らかな布地で着心地がいい。

『ポヨン！　ポヨン！』

プラムもなんだかご機嫌だ。

昨日、一日リディと迷宮に潜っていたプラムには、帰宅後の夜に「僕の売店を出すことになったんだ」と話した。

そしたらすごく喜んでくれて、『ぼくもばいてん、がんばるね！』と言ってくれた。心強い……！

「おはようございます！」

「あ、おはよ～。ロイくんの売店はそこだよ～！」

エリサさんの寝癖は今日も絶好調だ。くるんくるんと毛先があちこちに向いている。

「わっ、あとは商品を並べるだけ!?」

売店の出店場所である食堂とホールの間には、すでにカウンターが設置されていた。

大きさは昨日までお世話になっていた売店と変わらない。

「これ、昔使ってたやつなんだって。あとは綺麗に拭いてね～。頑張って！」

「はい！」

両手をグッと胸の前で握り、応援してくれたエリサさんに大きく頷き返す。あ、プラムも真似して『グッ』ってやってる。

「えへへ」

少し古いけど、この売店が今日から僕のお店。大切に使うからね！

ニス塗り仕上げのカウンターを、水拭きして乾拭きをする。ちょっとツヤが出た感じですごくいい。

僕が拭いた後から、プラムがいくつも手（?）を伸ばして、昨日追加で作ったキラキラポーションを並べていく。

「プラムは頼りになるなぁ」

『プルン！』

力こぶ（?）を作り、プラムが『まかせて！』と胸を張る。

僕も負けてられないなと売店の準備を進め、『一人二本まで』の札を立てたら……準備は完了。

ギルドの入り口前が騒がしくなってきて『キラキラポーション専門店』いよいよ開店だ！

「お、今日から専用売店か！　一本くれ！」

「キラキラポーションを二本頼む」

四方八方から様々な声が飛んでくる。

商品を買うだけの人はプラムが、何か聞きたいこともある人には僕が対応する。

「ねぇ！　取り置きってできる？　一稼ぎしてから戻ってくるからさぁ」

「えっと、取り置きはしてないんです。また明日来てみてください」

「あー、そうよね。起きられたら来てみるわ」

「はい、お待ちしてます」

取り置きしてあげたい気持ちはあるけど、本当に取り置きした分を買いに来てくれるかは分からない。

それにこのやり取りはみんなが見ている。一人、取り置きをしたら、自分も取り置きをしてくれと頼む人が出てくるだろう。

取り置き分が多くなって、売り場にポーションがなくなってしまうのは避けたい。

だから心苦しいけど、ごめん！

「なあ～、ちょっとまけてくれよ～！」

「それはできないです！　ごめんね。あ、でも委託売店も覗いてみたら？　キラキラポーションより効果は下がるけど、安くて上質なポーションが出てたよ」

「お、いいこと聞いた！　見てみるよ～！」

こんなふうに割引交渉をする人もいる。今日は顔見知りの気さくな狼獣人《おおかみじゅうじん》さんでよかった。

知らない人だと、上手く断れるかまだ自信ないもん。

「でも、見慣れない人が多いような……？」

冒険者が増えてるって聞いたけど本当みたいだ。あちこちから集まって来てるっぽい。

これはお店を繁盛させるチャンスかも！

「あれっ？　ロイ、お前さっき迷宮城前広場にいなかったか？」

「え？　僕、朝からずっとここにいるけど……」

声を掛けてきたのは、顔見知りの銀級冒険者だ。銀級になったばかりの彼は無茶をしがちなのか、キラキラポーションをよく買いにくる。

「そっか。青色の髪は珍しいからてっきりロイだと思ったわ」

「あ、アタシも見た。今日はキラキラポーション買えないのか～ってがっかりしたんだけど、ギルドに来たらアンタがいてびっくりしちゃった」

「あはは！　そんなに似てる子がいたんだ。僕も見てみたかったな」

ここラブリュスにはいろんなルーツを持つ人が集まっていて、肌や髪、瞳の色も様々。

だけど僕のような青系の髪は珍しい。金や茶、赤系の髪色の人が多く、次に黒や紫といった暗い色が多くて、緑や青は少ない。

だからこの髪は目立つ。でも、そのせいで嫌な思いをしたことは全然ない。逆にみんなに覚えてもらいやすくて得したなって思ってる。

「服装まで似てたんだぜ？　まあいいや。今日もキラキラポーション二本よろしく！」

「はい！　あんまり無理しないで、頑張ってね。次の方どうぞー！」

僕は次々来るお客さんにポーションを手渡していく。

プラムは商品補充だけでなく、何本も出した手（？）でポーションを渡して、代金とお釣りのやり取りまでしている。すごい！

「ふふっ、なんだかプラムのお店みたいね？　大活躍～」

広がりすぎた列を整理しに来たエリサさんがそんなことを言う。

うん。僕もちょっとそう思ってた！

そんなこんなで昼過ぎまで売店は賑わって、人が少なくなったのを見計らいお昼休憩だ。

今日のランチは食堂のまかない飯。昨日ハズレで採った彩野菜と交換してもらったんだ。

平焼きのパンに切れ端肉を挟んだお手軽サンドには、蜂蜜《はちみつ》マスタードソースが絡められている。

甘さと酸っぱさに、ちょっとの辛さが食欲をそそる。

「ん～、美味しい！　お肉に硬くないパンって幸せだな～」

売店に休憩中の札を立て、食堂の隅で食べてたら、プラムがにゅうっ！　と縦に伸びた。

お客さんかな？

「あ！　リディ」

「ロイ！　お昼ごはんの時間だったのね。邪魔してごめんね」

「ううん、大丈夫。待ってたよ」

「ふふっ。だろうと思って急いで持ってきたの。約束の素材、ここで出して平気？　お部屋まで持っていく？」

リディが薄い紙を差し出した。この紙は孤児院でもらう納品書だ。

一部の素材は昨日の夜、採取してもらったまま買い取ったけど、残りは孤児院の下処理に出した後で買い取ると約束していた。

「わ、いっぱいあるね！」

「プラムも頑張ってくれたし、薬草がたくさん採れたの！　あと孤児院の院長先生にお願いしてたポーション瓶も引き取ってきたわ」

「助かる！　瓶が足りなくなってたんだ。ちょっと待ってて、台車を借りてくるから！」

僕は残っていたパンを半分に千切《ちぎ》りプラムにあげて、残りを口に押し込んだ。

「え、お部屋まで持っていってもいいのよ？」

リディはポンポンと腰のポーチを叩く。

山盛りの素材は、錬金術製の『収納バッグ』であるポーチに、たんまり入っている。だから台車なんかなくても、リディは簡単に持ち運べるんだけど……

「ううん、簡易宿泊所のルールで利用者以外は入っちゃだめなんだ。リディはここで待ってて」

ギュスターヴさんにも『あのハーフエルフの女の子、部屋に連れ込んだりするんじゃねえぞ？もう一人前だから分かるよな？』って言われてるもんね。

言われた時は首を傾げたけど、後でその意味に気付いてちょっと頬が熱くなった。なんだか変に意識しちゃって、今も顔が熱い。

「そうなの。じゃあ、待ってるね」

『ポヨンポヨン』

リディに抱き上げられたプラムが『ロイ、かおあかいよ？』って言ってるのが伝わってきたけど、心の中で『しーっ！』って返しておいた。

ああ、プラムがお喋りできなくてよかった。リディに変に思われたら恥ずかしすぎるからね！

そして台車を持ってきて、僕は何往復かして全ての素材袋を部屋に運び入れた。

これでポーション数日分の材料は確保できたぞ。

「お待たせリディ！　今回もたくさんの素材をありがとう」

「こちらこそ！　あ、ねぇロイ。今ね、バスチア魔法薬店の建物が売りに出されるみたいだって聞こえて……」

「えっ」

リディがこっそり指さすほうには、ギルド職員さんたちが数人集まっていた。

外にお使いに行ってきた一人を中心に、何やら話してるみたいだ。

盗み聞きはよくないけど、聞こえちゃうものは仕方がない。

僕たちは口を閉じて、耳を傾ける。

「捕縛されたバスチアの店主と若旦那、しばらく解放されそうにないって噂よね。だから？」

「そうみたい。こんなことになって商売を再開できるはずもないし、買い手がいるうちに売りに出すんじゃないかって話。魔法薬師ギルドの子たちが話してたの聞いちゃった」

わあ。その魔法薬師ギルドの人たち、噂が広まったら叱られそう……

「俺も聞いたんだけど、例の偽レシピポーションだけじゃなく余罪があるらしいよ。怪しげなレシピやら薬やらがたくさん出てきてるんだって」

「でしょうね。まったく、魔法薬師ギルドがだらしないから！　バスチア魔法薬店の元従業員からいい話なんか聞いたことないし、奉公人たちも苦労してたみたいだし……ね」

会話が止まったところで視線を感じて、僕は何も聞こえていないふりをした。

「なんだか……本当に大変なお店で働いてたのね、ロイ」

「えへへ、まあね。でも……お店、売られちゃうのかぁ」

なんて言ったらいいのか分からない、不思議な気持ちだ。

先代さんの時のいい思い出もある場所だから、ちょっと寂しい気もする。

「……ロイが買ったら？」

「…………え？　あはは！　そんなの無理だよ、リディ」

あんまりにも突拍子もないことを言うから、一瞬、意味が分からなかったじゃないか。

「そんなにおかしなこと言った？　だってほら、キラキラポーションはすごく売れてるでしょ？　材料費もあまり掛かってないし……しばらく頑張れば、手付金くらいになるんじゃない？」

「確かにすごく売れてるし、材料費も普通の薬師より掛かってないけど……あそこを買うなんて無理だよ。お金もだけど、そもそも、僕まだ成人してないし」

「そうだけど、あの魔法薬店を買ったら明日にでもロイのお店を開けるのに……もったいない」

「そりゃ、あんないい場所にお店を持てたらいいけど……」

あそこなら、下処理の設備も、魔道具の保存倉庫も、工房もある！　夢みたいな話だ。

「まあ、僕はできることから頑張るよ！　そうだリディ、今日もらった素材がなくなる頃に僕も採取に行きたいんだけど、どう？」

「大歓迎よ！　うーん……そうね、三日後は？　よさそうな採取場所を見つけたのよ！　ロイに採取の仕方を教えてもらいたい素材もあるの」

「うわー、楽しみ！　それじゃ三日後、迷宮城前広場の時計台に八時でいいかな？」

「うん！　あ、お昼ごはんは私に用意させてね。採取の指導代だから遠慮しないで」

「お昼は嬉しいけど、仲間なんだから採取の仕方くらい普通に教えるよ？」

「いいの。仲間だから美味しいもの食べてほしいもの」

ぴこぴこ、とリディの耳が小さく揺れている。ちょっと照れてる？

きっと僕がさっきプラムとお昼ごはんを分け合ってるのを見て、用意するって言ってくれたんだろうなぁ。

「えへへ。それじゃあ遠慮なく。楽しみにしてるね！」

「うん！　三日後に！」

リディは耳をピンと立て、笑顔で冒険者ギルドを後にした。

さて。僕は冒険者たちが戻ってくる夕方からまた忙しくなる。

今のうちに、回収した使用済みポーション瓶を洗浄して、明日の仕込みをしちゃおう！

◆ ◆ ◆

時計台が指す時刻は朝の七時半。

迷宮城前広場には今日も朝食屋台が並んでいる。

「わ〜、今日も賑わってる！」

リディとの待ち合わせの前に朝ごはんを食べようと、少し早く部屋を出てきて正解だった。

「プラム、何食べよっか？」

『ポヨッ、ポヨン！』

肩の上のプラムは、にゅーんと伸びてあちこち匂いを嗅いで、にゅっ、にゅっ、にゅっと手（？）をいくつも伸ばして屋台を指（？）さす。

「ははは！　食いしん坊だなあ〜。でも、確かに美味しそうな匂いがしてるね」

『プルッ！　プルル！』

プラムは『あそこ！　ぜったいおいしいよ！』と弾んだ気持ちで話している。

よし。今日はプラムの鼻に従って食べてみよう！

そして……僕の両手には『迷宮豚《めいきゅうぶた》のスネ肉の煮込み』『芋と迷宮《めいきゅう》キノコの蒸し焼き』、プラムの両手（？）には『鹿肉のいろいろ串』が握られている。

愛嬌《あいきょう》のあるスライムだと、捨てる予定の骨までおまけでもらって、プラムはほくほくだ。

「この屋台市ってどこも美味しいね！　リディも誘えばよかったかな……ん？」

大盛りの煮込みを頬張っていると、人混みの中に見覚えのある三角耳が見え隠れしていることに気が付いた。

「あれってククルルくんじゃない？」

その呟きが聞こえたのか、ピーンと立った耳がこちらを向いた。

そうしたら、青いベストのククルルくんが冒険者たちの間をスルスル抜けて、あっという間に僕の目の前へ。

「さすがケットシーだね！」

猫と一緒で体が柔らかくて、狭い場所でも入っていける。冒険者向きかもしれない。

「まあにゃ～！　ロイ、プラム、おはようにゃ」

にぱーっと笑うククルルくんは、今日は元気そう。

また徹夜で迷宮に潜ってたのかと思ったけど、違うみたいでよかった。

「おはよう。朝からどうしたの？　ベアトリスさんは一緒？」

「ううん、ベアトおねーさんは家で爆睡にゃ。ククルル、ベアトおねーさんに叱られたにゃ」

「え？」

普段は天真爛漫《てんしんらんまん》なククルルくんが、一瞬で耳とヒゲを下げ、しょんぼりした。

「この前、ロイがおうちまで送ってくれたって聞いたにゃ。お世話をかけましたにゃ！　ありがとにゃ。それでね、ベアトおねーさんにロイのお手伝いをしてお返しをしにゃさい！　って言われたんにゃよ」

「なんだ、気にしなくていいのに」

「だめにゃ。ベアトおねーさんは今ククルルの先生にゃからね。ちゃんとお返ししなきゃなのにゃ！　んにゃ～……それにしてもここでロイに会えてよかったにゃ～！」

「あ、もしかしてギルドに行こうとしてたの？」

「そうにゃ！　でもケットシーの勘でピーンときて、屋台市に寄ってみたんにゃ」

えへん、と胸を張るククルルくんの口元には、パンくずとシチューがこびりついている。

これ、本当に勘が当たったのかな？

美味しい匂いにつられたんじゃないかって気がするけど……？

「そいでロイ、リュックを背負ってるってことは……今日は迷宮にゃね？　ククルル、採取のお手伝いをするにゃ！　これでも迷宮は得意にゃよ！」

ますます胸を張り、のけぞるククルルくんを前に、僕とプラムは顔を見合わせ笑う。

「ふふっ！　心強いよ。今日はね、リディも一緒に行くんだけど……前に会ったハーフエルフの女の子、覚えてる？」

「もちろんにゃ！　ククルル、握手した子のことはよく覚えてるにゃ」

そうだった。

そういえばリディもククルルくんの肉球に魅了された一人だったね。

◆　◆　◆

「わ、ククルルくんも一緒なの！　嬉しい、よろしくね」

時間通りに来たリディは、ちょっとソワソワと手を差し出す。

「よろしくにゃ。ククルルを頼りにしていいにゃよ！」

ククルルくんはキバを出してにぱっと笑い、肉球がついたおててでギュッと握手をした。

さあ、出発だ。ここから迷宮城まではそれほどかからない。

地下迷宮城ラブリュスの入り口は、街の中心にある。そこには遺跡があり、崩れかけた大きな門をくぐったところに地下迷宮へ続く入り口が開いている。

地上に露出した部分はただの遺跡だ。

「ねえ、ロイ？　その腰に付けてるのって……なあに？」

入場待ちの列に並んでいると、リディが僕の新しい装備に気が付いた。

「投石紐《スリング》だよ！　今日は僕も戦力になると思うよ」

「石を投げるにゃか？　魔物は丈夫にゃよ？」

ククルルくんはちょっと心配そうな顔をして、ベルトに挟んだ投石紐にぽむっと触れる。

「たぶん大丈夫だよ。それに投げるのは石じゃないんだ。いいもの、作っちゃったんだ！」

僕がククルルくんに答えると、肩に乗ったプラムがプルプル揺れて笑う。

プラムには、僕の新しい武器とそれを使った戦い方を話してある。

早く試してみたいし、リディにお披露目もしたいけど、あんまり強い魔物は出てきませんように……！　僕は心の中でこっそり願った。

まあ、リディの【魔法剣《まほうけん》】があれば僕の出番はなさそうだけど。

地下迷宮城の入り口についたら、衛兵さんに冒険者の腕輪を見せて迷宮城へ入る。

僕とリディは腕を差し出したけど、そういえばクククルくんは腕輪をつけてないな？　と思ったら、鞄の中から「はいにゃ！」と出していた。

「腕にキラキラしたのがあると気になっちゃうにゃ」

そう言って、ククルルくんはまた腕輪を鞄にしまった。

冒険者の腕輪は、いつも腕につけておく必要はない。

全身鎧《よろい》の人もいるし、戦いの際に邪魔になるという人もいる。

中にはあまり級位を知られたくない人もいるから、着用は義務づけられてないんだって。

僕は冒険者の腕輪をできるのが嬉しいから、まだしばらくは、いつも腕につけておくつもりだ。


地下へ続く階段を、目的の採取場所までどんどん下っていく。

といっても、階段は、普通の建物のように一直線に繋がってはいない。

突如階段が終わって真逆の方向に続きの階段があったり、森林層では木の洞《うろ》の中にあったりもする。

迷宮城は階層ごとに環境が変わって、森が広がっている層は森林層と呼ばれている。

迷宮では、次の階段に辿り着くまでに、魔物に遭遇するのが普通だ。

けれど、人が一気に迷宮に入る朝は違う。

中層部、深層部を目指す冒険者が、露払いのように浅層部の魔物を減らしてくれるので、比較的短時間で安全に進むことができる。

駆け出しの青銅級冒険者が、朝早く迷宮に入るのはこれを狙ってるのもある。

一番の目的は、早い者勝ちの狩り場や採取場所を確保することだけどね。

「ロイ、ここよ！　いい採取場所があるの！」

浅層部のちょうど真ん中辺り。僕らの今日の目的地はここ。

薬草素材が豊富な草原の階層だ。ところどころに崩れた城の名残が見える。

『ポヨン！　ポヨッ、ポヨッ！』

プラムが僕の肩からピョーンと飛び下り、リディと一緒に『はやく、はやく！』と手招きしている。

僕とククルルくんは手を繋ぎ、二人の後を追いかけた。

でも、あっちに小さな林があるだけで、薬草ならこの辺りのほうが豊富だって聞いてるけど……？

「――わぁ！　こんな場所があったんだ！」

地面いっぱいに広がるのは一面の『聖鐘草《せいしょうそう》』。光属性《ひかりぞくせい》の薬草で、鐘のような形をした青い花だ。

闇属性《やみぞくせい》――呪《のろ》いやアンデッド系の魔物によって負った傷の治療などで効果を発揮する。

「すごいね！　聖鐘草なんて中層部に行かなきゃ、なかなか採れないはずなのに！」

「でしょう？　プラムが見つけてくれたのよ！」

『プルン！』

「ここ気持ちいいにゃ！　いい魔素があつまってるにゃ！」

ククルルくんがヒゲをそよがせて、とんとこ地面を踏み鳴らしはしゃいでいる。

見ればプラムも心地よさそうだ。

迷宮には、時たまこういう場所が出現するという。

西の崖のハズレにある坪庭の魔素溜まりのようなものなんだろう。

坪庭の魔素溜まりは崖にできた窪《くぼ》み。ここは林の中、木々に囲まれた場所にぽっかりできた薬草の群生地だ。

「あ、七翠玉ブドウもある！　わ、これって『清白《すずしろ》スミレ』!?　生えてるとこ初めて見た……」

清白スミレも光属性の薬草だ。真っ白で花びらが少しキラキラしてる。

「綺麗よね。この前、連れていってくれた薬種問屋のコンスタンタンさんが、これからは中級以上の薬の需要が増えるって言ってたでしょう？　それなら清白スミレも、聖鐘草もいい値で売れるんじゃないかと思って」

「うん！　売れるよ！」

「にゃにゃっ、ロイの目がキラキラにゃ」

『ポヨヨ！』

僕の言葉に、ククルルくんとプラムが反応する。

そうだよ、お金は大事だからね！

「それじゃ採取を始めよう！　プラムとククルルくんは、高いところにある七翠玉ブドウを採ってね。そーっと、実が落ちないようにお願いね」

それぞれに指示を出す。

『プルン！』

プラムは大きく頷くと、さっそくスルスル木を登っていく。ククルルくんも目を輝かせ、「木登りは得意にゃー！」と言って、隣の木に飛びついた。

「リディと僕は、聖鐘草と清白スミレから採取しよっか」

まず、スコップと鋏、薄い布きれと採取袋をリュックから取り出す。布きれは小さく裂《さ》いておく。

「布？　それはどうするの？」

「清白スミレの花は繊細だから、花びらを布で保護してあげるんだよ。採取は根っこから。そんなに長くない根だけど、傷つけないように注意してね。一通りやってみるから見てて」

僕は根元の周囲をざくりと掘り、太い根の先端が見えそうなところで、清白スミレをそうっと引き抜く。

そしたら次は、小さく裂いておいた布きれの出番だ。

花を囲むようにそーっと巻いてやって……

「糊《のり》の代わりに……あ、あった。兎花の蜜をつけて固定する。ちょっと面倒だけど、これだけで素材の売り値が全然変わるんだ。花びらが傷つくとそこから劣化が始まっちゃうから、品質を維持するためにも大切な作業だよ」

「分かったわ。やってみる」

土を掘るのは黄金リコリスの採取で慣れたんだろう、問題なさそうだ。

次は、花の保護。慎重にやってるみたいだけど……

「あ。ねぇ、リディ。君のスキル【緑の手《みどりのて》】を使ったら、花の保護もできちゃったり……しない？ほら、リディの【緑の手】は植物を早く成長させたり、高い品質に育てたりできるスキルでしょ？だからその応用で、品質を保つことにも使えないかなって思ったんだけど……」

隣り合ってしゃがみ込んでいたので、はからずも内緒話のようになってしまった。

くすぐったかったのか、リディの長い耳がピピッと揺れている。

「わ、ごめん」

「う、ううん、大丈夫。えっと……【緑の手】ね？　うーん……できるかも？　やってみる」

リディは首を傾げ、少し考える素振りを見せてから、そっと花に手を伸ばす。

きっと魔力を注いでいるのだろう。

スキルの使い方は人それぞれだ。級位が上がるごとに現れるスキル効果だって人それぞれ。

本人の資質や使用するスキルの傾向によっても変わると言われている。

「――あ！　ロイ、見て！　できたかもしれない」

「わ、なんか輝いて見える……ね？」

「うん。栄養をあげるようなイメージで、薬草の生命力を上げてみたんだけど……たぶん、これで保護できてると思う」

ぴこぴこ、ぴこぴこ、リディの耳が小さく動いている。頬と耳の先がほんのり赤い。

これはプラムだったたなら、えへん！　と胸を張っているところだろう。

「すごいよ、リディ！　魔導師さんみたいだね！」

「うん……！　私もこんな使い方ができるとは思わなかった！　ふふ！　ロイってやっぱり面白い子ね」

「そう？」

首を傾げたけど、僕はたしかにちょっと面白い子かもしれない。

前世がスライムだし。そんな子たぶん他にはいない。

そこから僕たちは、清白スミレを十本ずつ採取して、たくさん生えていた聖鐘草は袋が一杯になるまで採取した。聖鐘草は根元を鋏で切るだけだから採取もラク。

僕は束にした聖鐘草をどんどん採取袋に詰めていく。これはいい収入になるし、今まで作ったことのない光属性の薬も作れる！

「ふっふふー！　せっかくだから明日も売店はお休みにして、塔に行って光属性のレシピを探してみるのもいいよね」

満面の笑みで呟く。

あ、でも一旦、キラキラポーションの在庫をたくさん作ったほうがいい気もする。

この後はポーションの材料を重点的に採取しようかな？

「あー、やっぱり永久薬草壁が身近にあったらなぁ」

塔の壁を自分の部屋に持ってきて、いろんなところに壁を増やしたい。

さらに言えば、この清白スミレと聖鐘草とか、今は壁にない薬草も永久薬草壁に移植できないかなあ。

光属性の薬草って珍しいし、見つけるのは運が必要とか、採取する人の属性も影響するとか聞くし……いや嘘かもしれないけど。

もし移植するような機会があった時のために、清白スミレと聖鐘草は二株ずつ、土ごと採取しておこう。

「ああでも、永久薬草壁は根を使わない薬草ばっかり……でもないな？　黄金リコリスがあった。じゃあ、もし聖鐘草を永久薬草壁に植えることができたら取り放題……？　できるかな、そんなこと」

「ロイ？　何をブツブツ言ってるの？　収納バッグのポーチにしまうから、ロイの採取袋ちょうだい？」

プラムとククルルくんが採取した七翠玉ブドウをリディが受け取り、ポーチに収納する。

そして、さらにリディがこちらに手を伸ばす。

「あ、うん！　ありがとう、リディ」

――あ。もしかしたら、リディの【緑の手】で永久薬草壁の切り取りも、薬草の移植もできちゃうんじゃない？

清白スミレにやったのと同じように、薬草の生命力を上げて……

「リディ！　僕、お願いしたいことがあるんだけど！」

ガシッとリディの手を握る。

「えっ」

驚いたリディの手から満杯の採取袋が離れる。

しかし、地面に落下する前にプラムが滑り込み、事なきを得た。

あっぶない！　落としたら傷んじゃうとこだった。

「さすがプラム……！」

『プルン！』

「にゃにやってるにゃ？　ククルルも交ざるにゃ」

木からトーンと飛び下りたククルルくんが、僕とリディの手をぷにぷに握ってにっこり。

わあ、肉球が柔らかくて気持ちいい！

「あの、ロイ、手……」

「あっ、ごめん。あのね――」

「にゃにか来るにゃ！　足音が聞こえるにゃ！」

僕がリディに言いかけた時、ククルルくんの耳がピン！　と林の入り口を向いた。

尻尾をビビビと震わせて、瞳孔が開きまん丸の目をしたククルルくんは、僕らには聞こえない足音の正体を見極めようとしている。

『プルプル！』

「荒ぶる魔力が三つ！」

プラムとリディも何かを察知したようだ。

僕にはまだ何も分からないけど、できる準備をしよう！

腰のベルトから投石紐を引き抜き、リュックの横ポケットに入れておいた瓶を手に取る。

妙に軽く、見慣れぬ形の古王国のポーション瓶だ。

「ロイ！　ククルルくんも下がっていて！」

リディは剣を抜き、僕らの前に立つ。

そうだった。場にそぐわない中層部の薬草に浮かれていたけど、ここはリディがたまたま見つけてくれたあまり人が来ない採取場所だから、露払いの高位冒険者たちはいない。

それに中層部の素材が採れるこの林は魔素が濃い。

ということは、魔物も危険な個体が増える。しかもここはハズレじゃなくて迷宮城！　そもそも魔物の強さが違う。

「『巨爪鶏《きょそうどり》』にゃ！」

ククルルくんはそう言うと、ダダダッと木に登った。逃げ足が速い……！

巨爪鶏は、浅層部の深い場所から中層部で出る強い魔物だ。その名の通り、大きくて鋭い爪を持つ、飛ばない鳥の魔物。しかし大きいのは爪だけではない。

体長は大柄な成人男性より高く、脚は太くてたくましい。

もし白銅級以下の冒険者が巨爪鶏の蹴りをくらったら、体が吹っ飛び骨は粉々。できれば近づきたくない魔物だ……！

「面倒ね。三体まとめて突進してきてる……プラム、左端をお願いできる!?」

『プルン！』

リディの言葉に反応するプラム。『できる！』という言葉が聞こえ、僕も前へ出た。

「リディ、それじゃあ君は右端をお願い。真ん中は僕に任せて！」

「えっ？」

僕がそう言うと、リディが目を丸くした。

ドドドドドッと、僕の耳にも大きな足音が聞こえた。

この速さなら一瞬で目の前まで……来た！

「いっけぇえ!!」

僕は構えていた投石紐を思い切り振りかぶり、赤い液体の入ったポーション瓶を投げつける。

この前、塔で作った毒燃弾だ！

眼前に迫った大きな足と爪をすり抜け、毒燃弾は巨爪鶏の首元に当たった。

バンッ！　と激しい破裂音がして、それと同時に赤い爆煙が上がる。

そして——

ドッドン。ドサッ。ドサリ。

三体の巨爪鶏が草むらに崩れ落ちた。

右端はリディが雷をまとわせた剣で心臓を一突きして、左端はプラムが吐き出した何かによって頭を撃ち抜かれ、真ん中は僕の毒燃弾で首が吹っ飛んだ。

……こわっ。

「ロイ⁉　何それ！　今日は戦力になるって……すごい強いじゃない！」

『プルルン！　プルルン！』

「にゃにそれ⁉　面白いにゃ！　ククルルも欲しいにゃ！」

みんなが驚いてから、口々に褒め言葉を言う。

「えへへ。【製薬】スキルで作った武器なんだ！　これなら戦闘が得意じゃない薬師でも戦えるでしょ！」

僕は投石紐と攻撃用ポーション瓶を掲げてみせる。

しっかり戦力になれてよかった！　もうリディに守ってもらうだけじゃないもんね。

「でも、プラムの戦い方を真似ただけだから、すごいのはプラムなんだけどね」

『ポヨヨ』

肩に飛び乗り、照れ顔（？）で揺れるプラムを撫でる。

「ロイらしいにゃ〜」

「ほんとに。実戦経験がほとんどないロイが、あの距離で正確に投げられるのもすごいことよ？

普通ならきっと怯《ひる》んじゃう」

「あはは、それもプラムのおかげだよ。あの威力だよ？　どこかに当たればいいって分かってるからね」

毒燃弾は、プラムがハズレで酔狂山羊《サテュロス》に投げつけた凶悪な薬玉と同じもの。

あの時も頭が吹き飛んだ……溶けたって感じでもあったけど、とにかく体に当たったら、ただでは済まないことはプラムのおかげで分かっていた。

最悪足下に落ちたって、足止め以上の効果を発揮しただろう。

巨爪鶏の解体はククルルくんが手伝ってくれた。

ククルルくんって器用だなぁって見ていたら、「戦わにゃい分、いろんなことができるようになったのにゃ！　旅にはお金がかかるから解体は大事にゃ～」って、なんだかしみじみ言っていた。

爪と飾り羽根、尾羽は僕が素材としてもらい、肉は食堂へ売ることにした。

結構な量があるけど、リディのポーチにまだ入るかな？

「リディ、収納バッグの容量はどう？　もしいっぱいなら、少し早いけど帰ろうか」

「いっぱいではないけど、深く潜るには中途半端な空き容量ね」

お目当ての素材は大体採取できた。

上の階層に戻って、ピクニック気分でお昼ごはんを食べて帰るのもいいかもしれない。

「はいにゃ！　それにゃらククルルちょっと行きたいところがあるにゃ！」

ククルルくんがぴょこん！　と跳ねて手を挙げた。

これはちょっとじゃなくて、かなり行きたい場所なのかな？

「もう少し上の、迷路の階層に行きたいにゃ！　最近そこで『古王国のよく分からにゃい古文書』が見つかるって噂なのにゃよ!!」

「迷路階層か……僕は行ったことないんだけど、リディとプラムはどう？」

「行ってみたい！　薬草採取が優先だったから、薬草の生息地以外の階層にはまだ行ったことないもの！」

あ、それは僕が採取をお願いしてるせいだな。実は僕も同じだもん。

薬草採取ができる階層以外は通過するだけで、探索をしたことがない。

『ポヨン！』

『いってみよう！』とプラムも言う。

「うん。それじゃ行ってみようか。迷路階層！」

僕はみんなを見て頷く。

「やったにゃ～！　行くにゃ～！　あ、地図はククルルが用意してるから、心配いらないにゃっ！」

ククルルくんは、「やったにゃっ、やったにゃっ」とはしゃぎながら、上階へと続く道をとっとこ走っていった。

迷路階層。そこでは古王国時代の遺物が見つかることがある。

とはいえ、目ぼしい場所は探索され尽くしているから、狙うのは時たま現れる宝箱だ。

宝箱といっても、誰もが想像するような宝箱が出てくるわけではない。

それはただの木箱だったり、巾着袋だったり、大きなものだとチェストが丸ごと現れたり。遺物がそのまま落ちていることもある。

いつの間にか、迷路の中のどこかに出現する遺物。それが通称、宝箱だ。

「最近は宝箱がよく出るんにゃって！　十二迷刻ってやつが近いせいにゃって、冒険者が言ってたにゃ」

「へぇ〜、知らなかった。『古王国のよく分からない古文書』のことも冒険者から聞いたの？」

僕は上からククルルくんを覗き込み聞いてみる。

「そうにゃ！　せっかく古文字を読めるようになってきたから、ククルルも欲しいにゃ〜！」

ククルルくんはそれ目当てでベアトリスさんのところに居候《いそうろう》してるんだもんね。

そりゃ新しい古文書を手に入れて読んでみたいだろうなぁ。

『プルン』

プラムが小さく震えた。この階段を上がれば目的の迷路階層だ。

僕は天灯《ランタン》を点ける。燃料は魔石で、魔力を流すことで起動する。

起動者の近くを浮遊するので、両手が空いて便利なんだ。薄暗い場所での探索や採取には必須だ。

迷宮は魔素のせいか薄明るいんだけど、どうしてか迷路階層など迷宮になる以前の、お城の建物が多く残っている場所は薄暗い。理屈はよく分からないけどね。

「ククルルくん、どの道を探索するつもり？」

「にゃー……それは悩むとこにゃ。魔素溜まりを狙って行き止まりがある道を行くか、部屋がある道にするか……この中庭とかも気ににゃるんにゃよね」

ククルルくんが広げた地図をみんなで覗き込む。

ところどころに『古文書の噂あり』と書き込みがしてあって、ククルルくんの本気度が伝わってくる。

「んにゃ～……今日は夕方までにゃから、分かりやすい中庭を目指してみたいにゃ！」

◆　◆　◆

「あんにゃあ！　空振りにゃあ～」

目的の中庭に着いたけど、ここに来る途中でも、ここでも宝箱には出会えなかった。

でも『白《しろ》の結界石《けっかいせき》』――魔物避けになる石――で囲まれた中庭は、冒険者たちの休憩場所になっていて、居合わせた冒険者たちから噂話を聞けた。

知らなかった場所も教えてもらえて、ククルルくんは嬉しそうに目を輝かせている。

「あ、そういやもう一つ妙な噂があったな」

「妙にゃ？　どんなのにゃ？」

「中層部で、ソロで軽装の男の子を見たって」

ククルルくんは「にゃー、古文書の噂じゃにゃいのにゃね」とちょっとがっかりしている。

「軽装の男の子？　新人かなあ……」

不思議な噂に僕は首を傾げる。

毎日冒険者ギルドにいるけど、軽装で中層部に潜れるような、実力のある男の子の話は聞いたことがない。

どこかから移ってきたばかりの冒険者かなぁ？

中層部でソロは珍しい。よっぽどのベテランか、魔物を操るテイマーでもない限り一人でなんて行かない。せめて二人で潜る場所だ。

「まぁ、噂だけどな。荷物もなしで装備もナイフだけらしいのが妙で……」

冒険者はそこで言葉を止め、チラと僕を見た。

ん？　なんだろう。

「……オマエさ、冒険者ギルドで最近いいポーション売ってる子だよな？」

「あ、はい」

この冒険者は見かけたことはあるけど、話したことはない人だ。

たぶん少し前に別の街から来た新しい人だと思う。

「実はさ、その男の子ってのが……オマエに似てるって」

「えっ、でも僕は中層部になんて行ったことないけど……？」

「そうだよなぁ。いや、そんなベストを着て、青い髪だったらしくてさ。ギルドで、ポーション売ってるオマエを見てギョッとしたらしいぜ？　あの子、さっきまで中層部にいたはずなのにどうしてって……」

「僕に似てる子……」

つい最近、同じようなことを言われた。

その時は、僕は冒険者ギルドにいたけど、迷宮城前広場で見かけたって言われた。

その人の他にも、同じ時間帯、同じ場所で見たって人がいた。

ゾクリ。ちょっと背筋が寒くなって、プラムに手を伸ばす。

『プル』

ピトッと寄り添ってくれるプラムはひんやりしてるけど、くっついてると落ち着く。

「にゃー……ロイによく似てる子じゃにゃいか。ドッペルゲンガーみたいにゃね」

「ドッペルゲンガー？　何それ？」

僕がそう聞くと、ククルルくんは顔をパァッと輝かせ、肩掛け鞄から古文書を出して広げた。

「これにゃ！　この『古王国のよく分からにゃい古文書』に書いてあったにゃ！　最近読めたやつにゃんだけど、面白いおはにゃしだったからまた見つからにゃいかなーって、ククルルは探索をがんばってるにゃ」

「なんて書いてあるの？」

覗き込むリディを見上げ、ククルルくんは嬉しそうにその内容を話す。

「あにょね、『自分がいにゃいはずの場所で、自分とそっくりにゃ誰かが目撃されることがある。それがにゃんにゃのかは分からにゃい。しかし、自分とそっくりにゃ誰かに会おうとしてはいけにゃい。もしも出会ってしまったにゃら、その者は死を迎えるだろう』……て書いてあるにゃ」

しん、とその場が静まり返った。

「怖いにゃ～。ロイ、絶対ドッペルロイに会っちゃだめにゃよ！」

「う、うん」

何それ、怖すぎる……！

しかも、それが古王国時代の古文書に書かれてるところも怖い！

だって、もう一人の僕が目撃されているのは、今のところ迷宮内や迷宮の周辺だ。

古王国と縁《ゆかり》が深い場所ばかり。

「ロイ、えっと……今日はもう帰りましょっか」

「うん。そうだね」

遠慮がちに言ったリディの言葉に頷く。

なんだか目撃情報がある迷宮にいることが急に怖くなってきてしまった。

もし、僕がその『ドッペルロイ』に出会ってしまったら、どうなっちゃうんだろう……まさか本当に……？

『プル、プルル！』

肩の上のプラムが、僕をぎゅっと抱きしめた。

◆　◆　◆

迷宮城を出ると、日が傾き始めた頃だった。

それにしても、最後に妙な話を聞いたせいでちょこっと空気が重い。予定より早く帰ってきたのに、なんだか体まで重い気がする。

「あ、そういえばロイ。巨爪鶏と戦う直前に、何かお願いがあるって言ってなかった？」

「……あ！　うん、そうだった！」

リディが思い出して言ってくれてよかった！　僕、忘れてたよ。

清白スミレの採取時に、リディが【緑の手】を使っているのを見て思ったんだ。

もしかしたら永久薬草壁の切り取りも、薬草を移植をすることも、【緑の手】の力を借りればできちゃうんじゃない？　って。

壁の切り取りは、清白スミレでやった時と同じように、生えている薬草の生命力を上げ、その上でベアトリスさんが言うように魔力で包む。

それなら上手くいくような気がするんだ。

「リディ、明日って時間ある？　僕と一緒に行ってほしいところがあるんだ」

「にゃっ？　デートのお誘いにゃ？　いいにゃね〜、美味しいもの食べるにゃ？」

ククルルくんが僕とリディの間にひょっこり顔を出し、唐突にそんなことを言った。

いや、確かにそんな誘いに聞こえちゃったかもしれないけど……！

「あのね、リディそうじゃなくって！」

リディの頬がほのかに赤くなっていて、それを見た僕もつられて頬が熱くなった。

自分では見られないけど、これはたぶん赤くなっている。

今度はククルルくんに聞こえないよう、僕はリディの耳元で小声で続きを言った。

だって好奇心の塊のようなククルルくんに、塔のことはまだ話せない。

もう少しだけ、塔の工房は独り占めさせてもらいたいからね。

「一緒に塔に行ってほしいと思ったんだ。ちょっと試したいことがあって」

「あ、うん、塔ね！　明日なら大丈夫よ」

リディとコソコソ明日の約束をした後、僕とククルルくん、プラムはギルドへ。リディは孤児院へ下処理の依頼を出しに行った。

コンスタンタンさんのお店で売るにも、ギルドで売るにも、きちんと下処理をしたほうが高値になるからね。

ギルドへと向かう道すがら。

ぺたぺた、ぺたぺた。プラムが僕の頬に手（？）を伸ばしていた。

ひんやりとした手（？）が気持ちいい。

「はー……顔が熱い」

ククルルくんが変なこと言うから、耳打ちするのも、なんだかちょっと恥ずかしく感じちゃったじゃないか。

「ロイ、顔が赤いにゃ」

「もー……ククルルくんのせいだよ？」

「んにゃ？」

ククルルくんはきょとんとした顔で、こてりと首を傾げた。

◆　◆　◆

その頃。リディは孤児院へと続く坂道を上り、一人呟いていた。

「はー……顔が熱い」と。

第三章　僕が作る薬

簡易宿泊所の部屋へ戻った僕は、さっそくベアトリスさんが貸してくれた本を開いた。

実はこれに、気になる薬のレシピが載っている。

『植物用栄養剤《しょくぶつようえいようざい》』と『植物用保護結界薬《しょくぶつようほごけっかいやく》』の二つだ。

「明日リディと塔に行くなら、これを作っておかなきゃね。無理だと思ってた必要素材も手に入ったし！」

植物用栄養剤は、植物に与える肥料のようなもの。傷を癒やしたり、栄養を与えたりするものだ。

この前、清白スミレを採取した時、リディは【緑の手】で薬草の生命力を上げた。その結果、弱い部分が強化され、保護用の布きれが必要ないくらいになった。

植物用栄養剤にも同じような働きを期待している。

植物用保護結界薬は、雨風や合わない濃度の魔素から植物を守るための薬らしい。薬のカテゴリーとしては、『結界薬』というものになるという。

植物用保護結界薬のほうは、植物には直接作用はせず、植物の周りに薄い結界を張る薬なのだとか。イメージとしては、清白スミレを保護した布きれの役割かな？　僕はそんなふうに思う。

植物用栄養剤、植物用保護結界薬、リディの【緑の手】、僕の魔力。

これだけ入念に準備すれば、永久薬草壁を切り取れるんじゃないかって思うんだけど……！　どうかなあ。

「それにしても、古王国時代には結界薬なんて面白い薬があったんだねぇ」

そんなもの僕は見たことも聞いたこともない。結界といえば、魔法か魔道具で張るものだ。身近なところで言うと、白の結界石が結界薬に近いものだろう。

あれは光属性の鉱石で、周囲に魔物を寄せ付けない力がある。結界のようなものだ。

「だから植物用保護結界薬にも白の結界石を入れるんだろうけど……大丈夫なのかなぁ？」

僕は大きく首を傾げた。

人が食べたり、肌に塗ったりする薬草にかけて、安全性に問題はないのか。だって、あれ石だよ？

「……でも、まあ、大丈夫なのかな？」

光属性のものは基本的に有害ではないし、植物用保護結界薬は、直接植物に作用する薬じゃないし……

「ベアトリスさんが貸してくれた本だもん。もし何か危険性があるなら、そのくらい書いてあるはずだよね」

ちょっと気になるけどベアトリスさんを信じよう。

『ポヨ、ポヨン！』

プラムに袖を引かれた。『はやくつくろうよ！』と、プラムが聖鐘草と清白スミレを掲げ、僕に見せる。

「うん！　光属性の素材がちょうど手に入ってよかったなぁ」

今回の調合には、光属性の素材が必要なのだ。

光属性の素材は浅層部ではあまり採れないから、最悪『白の結界石』を多めに入れて代用するしかないって思ってた。

正しい素材で作れるのは、あの場所を見つけてくれたプラムとリディのおかげだ。

『プルン。ポヨン。プルン、ポヨ……』

プラムが日輪草、黄金リコリス、苔の乙女の台座、七翠玉ブドウ……と、必要な素材を並べていく。

まだ泥が付いたままのものはプラムが【浄化】してくれる。

一見食べてるように見えるけど、これは洗ってくれているんだ。

両手に七翠玉ブドウを持ち、ひょいひょいパクパクと口（？）に運んでるけど。

『プル！』

「うん、ありがとう。プラム」

どんどん手渡される素材を受け取ったら、ここからは僕の番だ。

日輪草、聖鐘草、清白スミレを細かく切って乳鉢《にゅうばち》ですり潰す。白の結界石もゴリゴリ潰して粉末状に。七翠玉ブドウは皮ごと大きなすり鉢で……

「あっ、すり鉢は二つだった！」

危ない、危ない。

今日は二種類の薬を作るから、すり鉢を二つ用意して、それぞれに七翠玉ブドウを入れてすり潰さなきゃ。

「それにしても、苔の乙女の台座と七翠玉ブドウも手元にあって助かったな〜」

しかも鮮度がよくて品質もいい。

「よし。あとはちゃんと計量して……」

《ぴったり計量》とかそういうスキル効果があったらよかったんだけど！

そんなことを思いつつ、計量スプーンと秤《はかり》を使ってキッチリ量《はか》る。

そして潰した七翠玉ブドウが入った二つのすり鉢に、レシピ通りの分量で『植物用栄養剤』と『植物用保護結界薬』の素材をそれぞれ入れていく。

キラキラポーションならここまでで【製薬】してしまうんだけど、今回はもう少し丁寧に下拵えをしようと思う。

初めて作る薬だし、中級の素材を多く使う。僕にとってはちょっと背伸びの調合だからね。

プラムに片方のすり鉢を任せ、僕らはゆっくり素材同士を混ぜていく。

まだらだった色が徐々にまとまり、光沢が出たところで完了だ。

この光沢は、僕のキラキラポーションとは違う性質のものだろう。

たぶんこれは清白スミレの成分。光属性が持つ聖なる力が、輝きになって現れるのだと本に書いてあった。

「では、【植物用栄養剤】！」

初めて【製薬】する薬だから緊張するけど、それより作りたいものを作れる嬉しさ、楽しさが上回る。

思っていたよりも多くの魔力を感じ、カッと手元が光ると、机の上には鮮やかな緑黄色《りょくおうしょく》の薬玉ができていた。

「わ、綺麗な色だね！」

薬玉を傾けると、チラチラ僅かなきらめきが見える。

僕のキラキラポーションよりは控えめな感じだ。

『ポヨッ』

『つぎっ』と、プラムがすり鉢を差し出す。

なんだかプラムもワクワクしてる？　ふふっ！　見たことのない新しい薬を作るのって楽しいもんね！

「うん。次は【植物用保護結界薬】！」

僕にとって未知の薬、結界薬。

どんなものが出来上がるのか、ちゃんと【製薬】できるのか緊張する。

とはいえ、僕は【製薬】スキル一級の望む薬を完璧に生成できる能力があるから、失敗することはたぶんないと思うんだけどね。

ピカッ！　さっきよりも大きめの光。

ドキドキしながら机を見つめると、真珠《しんじゅ》のような光沢の薬玉が出来上がっていた。傾けてみると、キラキラポーションや植物用栄養剤とは違い、中の液体が少々もったりしている。もしかして白の結界石の成分かな……？

「ふふ。どっちも綺麗だし、なんだか効きそうだね！」

『ポヨン！』

◆　◆　◆

翌日。迷宮城前広場でリディと落ち合って、西の崖のハズレへ向かう。

永久薬草壁の手入れと切り取りが上手くいきますように……！

「それでロイ、今日は何を試してみたいの？」

リディとプラム、三人で見つめるのは、塔のスライム部屋にある永久薬草壁だ。

壁の薬草は、今日もやっぱりあまり元気がない。

プラムが薬草の味見をするけど『あんまりおいしくない』と言って、一口でやめてしまった。

そうなんだよね……萎《しお》れた薬草って味がぼやけてるし、魔力も薄くて美味しくないんだよねぇ。

分かるよ、僕も食べちゃったことあるから。

「あのね、リディの【緑の手】をここの薬草に使ってみてほしいんだ。昨日の採取で清白スミレにやったみたいに」

「そういうことね。うん……栄養が足りてないみたいで、だいぶ弱ってる。生命力を上げても、すぐに効果が現れるか自信ないけど……分かった」

リディは薬草の状態を確認し、手をかざす。

「あ、待って。これも一緒に使ってみてほしいんだ」

僕はリュックから植物用栄養剤を取り出し、リディに手渡した。

「なあに？　これ。ポーションに似てるけど……」

「植物用栄養剤だよ。植物が生えてるところに撒《ま》くものなんだけど……これを壁にかけながら、リディの【緑の手】を使ったら、いい効果が出そうだと思って！」

【緑の手】は植物に作用するスキル。魔力で植物の生命力を上げるもの。

この植物用栄養剤も、同じく植物に作用するものだけど、肥料と同じような役割をする。

肥料は植物が根を張る土に撒くもの。植物って、土から養分を吸い上げるでしょう？

ここでは永久薬草壁を土だと考えて、栄養剤が上手く作用してくれれば、生えている薬草だけでなく、壁自体も元気になるんじゃ？　って思ったんだ。

【緑の手】で今生えている薬草の生命力を上げ、植物用栄養剤で永久薬草壁という土壌に栄養を与える。

この二つを組み合わせれば、壁や薬草を元気にする効果はより高くなりそうじゃない？

「栄養剤……うん。面白そうね、やってみる！」

リディは片手で植物用栄養剤を撒きながら、意識を集中して【緑の手】を使う。

すると――リディと永久薬草壁がキラキラと輝き出した。

「わぁ……！」

『ポヨン！　ポヨヨ！』

僕は思わず声を上げ、プラムは肩の上で跳びはねた。

キラキラ光っているのは、きっとリディの魔力だ。

「あ、薬草が……！」

垂れ下がっていた蔓がシュルルと螺旋《らせん》を描いて上に伸び、艶がなく萎れていた葉に張りが出る。

さらに壁からは小さな双葉《ふたば》が芽吹き始めた。

『プルルン！』

シュルシュル育つ蔓に合わせて、プラムも手（?）をにゅるにゅると伸ばす。

『のびろ、のびろ』と応援しているようだ。

そして壁の輝きが収まると、リディは手を下ろして僕を振り返った。

「どう!?　上手くいったわよね!?」

その額には、うっすらと汗が滲《にじ》んでいる。思った以上に頑張ってくれたみたいだ。

「うん！　予想以上だよリディ！　だって、見てよ！」

生き残っていた壁にはびっしりと薬草が生え、そのどれもがツヤツヤに輝いている。

葉も増えているし、花も咲いている。蕾《つぼみ》すらなかったはずなのに！

「ふふふ！　頑張っちゃった！　それにね、ロイがくれた植物用栄養剤がすごくよかったみたい！　どんどん魔力が膨らんでいく感じがして、【緑の手】も植物用栄養剤も、お互いに効果を高め合ったんだと思う！」

「ほんと？　そうなったらいいなって思ってたんだ。それにしてもリディのスキルってすごいね！」

そう言ったら、リディがきょとんとした顔をした後に笑った。

「ロイの植物用栄養剤がすごいのよ！　私は植物用栄養剤の力を借りただけ。あはは！」

「そうかな？」

「そうよ。私の【緑の手】だけじゃこんなことできなかったし、そもそも栄養剤と一緒に使ってみる発想がなかったもの。帰ったら私の畑でもやってみなくっちゃ。普通の栄養剤でもできるかな……？」

「できるんじゃない？　なんならこの植物用栄養剤を譲ろうか。まだあるんだ」

「嬉しい！　それじゃ、ギルドに依頼を出すから、よろしくね」

「依頼？　なんの？」

今度は僕がきょとんとしてしまった。

「植物用栄養剤の！　ロイに指名依頼を出すのよ。指名依頼って実績になるでしょう？　お店を持つために、早く冒険者級位を上げてもっと稼がなくっちゃ。ふふ！」

「……うん！」

『プルル』

元気を取り戻した永久薬草壁の前で僕らは、「ふふふ！」と笑い合った。

さあ、次は下にある工房の永久薬草壁だ。

「こっちは室内で魔素が濃いからか、上の壁より元気なんだよね」

「ほんとね。そんなに魔力を込めなくても大丈夫そう……？」

リディが注意深く薬草の葉や根元を観察する。

僕も並んで見てみると、葉に艶があり、根もしっかり張っている気がする。

「うん。試してみても大丈夫そうかな」

「今度は何を試すの？」

リディは長い耳をぴこぴこ動かし、僕を覗き込む。その耳、わくわくした時も動くんだね？

「ふふっ。まずはこれ。聖鐘草と清白スミレをこの壁に移植してみたいんだ！」

僕がそっと取り出したのは、土ごと掘って持ち帰った薬草たち。二株ずつある。

丁寧に処理をしたつもりだったけど、今や花の首は力なく折れ、葉もくったり土の上に寝てしまっている。

「これをね、ここに植えて……」

僕はスコップを持ち、永久薬草壁の空いている部分をザクザク掘る。

「よし。とりあえずこれでいいかな。リディ、さっきみたいに植物用栄養剤を振りかけながら、【緑の手】を使ってみてくれる？」

「分かった。聖鐘草と清白スミレが根付くように生命力を上げるのね？　やってみる」

リディが目を閉じて深呼吸をする。

そして【緑の手】を使いながら、植物用栄養剤を永久薬草壁に撒く。

すると永久薬草壁がじんわりと光を帯《お》び、植えたばかりの聖鐘草と清白スミレの根元がキラキラ輝き出した。

――どうか上手くいきますように！　僕は思わずそう願う。

迷宮から掘り出され、植え替えられたばかりの株は弱っているだろう。

根に輝きが集中している。環境も土質も全然違うだろうし……いや？　でも迷宮の中の土と、永久薬草壁の壁って案外似てそうな気もしてきたなぁ。

永久薬草壁は古王国時代に錬金術で作られた魔道具。迷宮は地下に沈んだ古王国の成れの果て。

永久薬草壁も迷宮も、どちらも錬金術によって作られたものだ。

同じ成り立ちであるなら、馴染みやすいかもしれない。

祈るような気持ちで見つめていると、移植した二株の様子が徐々に変わってきた。

垂れていた花が顔を上げ、くったりしていた葉が土から起き上がる。他の薬草も、かなり状態がよくなっている。

「……ふぅ。上手くいった？」

「うん！　きっと根付いたと思うよ、リディ」

これで聖鐘草と清白スミレが順調に生育してくれれば大成功。

もうしばらく観察が必要だけど、ひとまずは成功だ！

「それとねリディ……あの、お願いしたいことがもう一つあって、永久薬草壁の一部を切り取って、部屋に持って帰れないか試してみたいんだ！　あ、もちろん僕も一緒にやるよ！」

「え……？　切り取る？　えっ、これって魔道具なのよね？　そんなことしたら壊れちゃわない？」

もっともな心配だ。僕も切り取るなんて夢物語だよな～……と思っていた。

でも、ベアトリスさんは言っていた。

『仮説だけど、精霊の代わりに迷宮の魔力を拝借して、術を維持しているんじゃないかと思うのぉ。だからそれに代わるくらいの魔力で包めば、術を保持したまま切り取れるんじゃないかしらぁ？』って。

「大丈夫！　錬金術師さんにアドバイスをもらったんだ。あとこの本も！」

ベアトリスさんに借りた本を出し、リディに植物用栄養剤と植物用保護結界薬のページを開いて見せる。

「これがさっき使った植物用栄養剤。リディ言ってたよね、この栄養剤と【緑の手】がお互いに効力を高め合ったみたいって」

さっきまで、永久薬草壁はたぶん魔力不足に陥っていた。それを補うのが植物用栄養剤だ。

この部屋にあった管理日誌には、生えている薬草の様子は記載してあっても、詳細な手入れの方法は書いていなかった。

他のノートに書き残されているのかもしれないけど、僕はまだ見つけられていない。

正しい手入れをしてから切り取るのが最善だとは思う。でも、僕はそれよりも早く壁を切り取りたい。

だって毎日様子を見に来れるわけじゃないし、手入れの方法を探っている間に、壁がどうしようもない状態になってしまったら取り返しがつかない。

だから、壁が生きている今のうちに、壁を切り取っておきたい。

「この植物用栄養剤とリディの【緑の手】で壁と薬草の生命力を上げて、それから壊れないように切り取るには、こっちの植物用保護結界薬を使ってみようと思うんだ。見て、実はこれ……」

「ちょっと待って、ロイ。申し訳ないけど私、古文字は読めないの」

「あ」

そうか。それじゃ、どうやって説明しよう。

チラリとリディを見たら、額には汗が滲んでいた。

慣れないスキルの使い方をしたし、魔力もたくさん使っただろう。そんな無理をさせて、これからまた無理をさせるなら、リディが納得できる説明を、僕はちゃんとしなくちゃ。

「あのね、この本は……」

「――でも、いいわ。ロイを信じる。手順を教えて？　やってみましょ！」

広げた本を閉じて、リディが微笑む。

『信じる』って言ってもらえたことがなんだか嬉しくて、くすぐったくて、僕も笑顔になった。

「手順はさっきと同じだよ。リディにお願いしたいのは、植物用保護薬を与えて、さらに【緑の手】で薬草の生命力を上げること。僕は壁を切り取り、植物用保護結界薬の力を借りて魔力で包む」

「分かった。どこを切り取るの？　そこに魔力を集中させるから」

「うーんと……この辺にしようかな」

『天草《あまくさ》スミレ』と黄金リコリスが茂っている辺りだ。

孔雀花も生えているので、もしも部屋に持って行けたらものすごく嬉しい部分だ。

天草スミレもだけど、孔雀花なんて今の僕には採取が難しい素材だからね。

「それじゃあ、いくよ。リディ」

「うん」

さっきと同じようにリディが【緑の手】を使い、植物用栄養剤を注ぐ。

じわわと壁が光りはじめ、薬草まで光に包まれた。そろそろよさそうだ！

「【風の刃よ、壁を切り裂け】！」

僕の言葉で、ナイフがヒュッと風の刃をまとう。

永久薬草壁は錬金術で作られたものだから、簡単には壊せない。だけどこのナイフなら……！

普通なら刃が立たない壁を、ナイフがザクザクと切り進んでいく。

「えっ……すごい」

『プルル！』

リディは驚き、プラムは両手（？）を叩いている。

そっか二人にナイフのこと話してなかったっけ。

ギュスターヴさんにもらったこのナイフには【風魔法《かぜまほう》】が付与されている。

魔力を込めてイメージすれば、魔導師でない僕にも風魔法が使える。

切り取ったものを魔力で包み、壁にかかった術を保持しなきゃいけないから、欲張ってはだめだ。

「よし、切るのは上手くできた！」

次は魔力で包む！

片手で植物用保護結界薬が入っている瓶《びん》の栓を抜き、バシャバシャ切ったところに振りかける。

さあ、あとは魔力で包んで取り外すだけ……

「くっ……なかなか魔力が安定しない」

何これ難しい！　結界薬の力も借りても、まだ壁の魔力が大きすぎる……！

清白スミレの花を布で保護するように、魔力でくるりと包みたいのに、隙間ができてしまう。

「ロイ、大丈夫？」

リディが額に汗を滲ませて尋ねる。

「うん。もう少しなんだけど……」

僕の魔力がちょっと足りてない？　切るのに魔力を使いすぎたかな、まずい……

『ポヨン！』

ぺとん、とプラムの手（？）が僕の手に触れた。『てつだうよ！』って言ってる……？

『ポヨヨ、ポヨ！』

『まりょく、わけてあげる！』と言葉が伝わってきた。それと同時に、ズシン！　と魔力が増えたのを感じた。

すごい、これがプラムの魔力！

「これなら……プラム、壁を取り外すよ！」

『プルン！』

プラムと手を繋ぎ一気に魔力を流し込む。だけどイメージは『流す』じゃない。『包む』だ。

――ベアトリスさんは、『森なら、精霊の力を借りれば一部を切り取ることは簡単』と言っていた。それなら僕は、リディとプラムと、【製薬】で作った植物用栄養剤と植物用保護結界薬の力を借りる!!

その瞬間、僕たちの魔力がブワッと広がった。今度は隙間なくぴったりと壁の魔力を包むことができた。

よし。このままそーっと持ち上げて……

「取り出せた……やったぁ、成功だ！」

キラキラの魔力に包まれた壁の一部が、僕の両手に収まっている。

僕は嬉しくて、思わず勢いよく壁を掲げたが――

「っと、わわっ」

足がもつれて、ドシン！　お尻から床にすっころんでしまった。

「ロイ！　大丈夫!?」

「う、うん……プラム!?　また下敷きにしちゃった!?　ごめん！」

リディが心配してくれたけど、僕なんかよりプラムのほうが大変だ！

これじゃ初めて会った日に、崖から落ちた僕を受け止めてくれたのと同じじゃないか。

『プルル』

お尻の下で平たくなったプラムが『へいき』と言い、にゅっと手（？）を伸ばし親指（？）を立てた。

「ごめんね、プラム。この壁が思ったよりも軽くて、勢いがつきすぎちゃった」

『ポムン』

「軽いの？　それ」

リディが興味津々な様子で聞いてくる。

「うん。不思議なんだけど、片手で持てちゃいそうなくらい軽いよ」

どうしてだろう。あ、もしかしたら結界石の作用なのかな？

なんとなくだけど、重量まで結界の中に閉じ込められているような感じがする。面白いな。

「不思議ね。でも上手くいってよかった！」

『プルプル！』

「うん。リディ、プラムもありがとう！」

薄い魔力の膜に包まれた壁は、もう光ってはいない。

切り取る時に、植物用栄養剤と【緑の手】で与えた魔力は消費されたのだろう。

さあ、あとは持ち帰った後も枯らさず育成できるか……あ、そうだ。

僕は切り取った壁の中央に、ガッとナイフを振り下ろした。

「ちょっ、何してるの!?　ロイ！」

「あのさ、これ半分こにしてリディも持って帰らない？　切り取った壁でも変わらず薬草を育てられるか確かめたいんだ。この壁に使う植物用栄養剤は分けるから、どう？」

「どうって、私はいいけど……その前に大丈夫なのこれ？　せっかく魔力で包めたのに切り分けたら……」

壁を切る僕の手元を見て、リディは心配そうな声で呟く。

「大丈夫。この膜には僕の魔力も含まれてるから、ゼリーを切るみたいにスーッと綺麗に切れると思うんだ。たぶんくっつけることもできるよ、ほら」

一旦切り離した部分を合わせたら予想通りにくっついた。

「えへへ」

「もう。遊んでないで少し休まなきゃだめよ、ロイ。魔力減ってるでしょう？」

『プルルン！』

リディとプラムに左右の腕を引かれ、床に座らされた。

「……そういえば、そうかも」

リディに魔力回復ポーションを手渡され、プラムにはペチペチ膝を叩かれた。

「えへ。ごめん」

魔力が回復するまで休んだら、今日は早めに帰ったほうがいいね。

◆　◆　◆

「おはよ～、プラム」

『プルン』

　朝の身支度をしながら、今日の朝ごはんはどうしようかな？　と考えていたら、プラムに袖を引っ張られた。

『プルル』

　プラムが指（？）さすのは壁際に置いた木箱。その中にはハズレの塔から切り取ってきた永久薬草壁が入っている。

　壁は立てかけるのではなく、箱の中に寝かせてあるんだ。立てかけるより横にしたほうが安定感があるからね。もしも倒して壊れでもしたらショックすぎるもん。

「あ、お水あげなきゃだったね」

　塔から壁を切り取ってきて数日。毎日水をあげ、昼間は窓際において日光浴もさせている。夜は冷えないように壁際だ。

「んー……ちょっと元気がなくなってきてるかなぁ？」

　永久薬草壁の管理日誌や、ベアトリスさんから借りた本を参考にお世話をしてるけど、どうにも上手くいっていない気がする。

「塔のスライム部屋と工房でも状態が随分違ったし……永久薬草壁には魔素が大事なのかもなぁ」

それなら植物用栄養剤とか、魔素が豊富な何かを肥料として与えればいい？

「うーん。でも毎日栄養剤をあげるのは素材の確保が厳しいかな」

『ポムン？』

プラムも僕を真似て首（？）を傾げた。

「リディの壁はどんな感じかなぁ？」

次に会う時に聞くのが楽しみだな。


今日は数日ぶりに売店を開ける。

「プラム、何箱持てそう？」

『プルッ』

部屋に積み上がった木箱を見つめ、プラムは『よっつ』と指（？）を四本出し、ひょいっと両手（？）に二個ずつ担ぐ。

「さすが力持ち……じゃ、僕は二箱」

キラキラポーションが詰まった箱を台車に乗せて、僕らは開店準備に取り掛かる。

お休みにした数日間で、迷宮探索をしたり、塔へ行ったり、キラキラポーションの準備もたくさんできたので、しばらく品切れの心配はないはず。

「キラキラポーションは、たぶんまだ売上が伸びると思うんだよね」

今、ラブリュスには本当に人が増えてるみたいだし、最近の迷宮は魔素が不安定で、場にそぐわない強い魔物も出た。

中級ポーションには手が届かない冒険者も、キラキラポーションなら、安全のためにちょっと頑張って買うっていうのを今、身をもって体験してる。

「キラキラポーション、もうちょい安く売ろうかなぁ……」

僕が薬師を目指したのは錬金術師に憧れたからだけど、バスチアの先代さんの商売を見るうちに、薬師っていいなとも思った。

薬は人を癒やすものだ。中には毒薬やよくない薬もある。でも基本的には、助けを必要とする人が使うもの。

薬師が薬を作って、それを買う人がいる。

たまに『あの薬、効いたよ』『治ったよ、ありがとう』とお店に言いに来てくれた人もいて、先代さんも嬉しそうにしていた。

たぶん僕は、捨てられて森でスライムに囲まれていた頃から、人の助けを必要とし、人に助けてもらってきた。こんなふうに思うのは、前世が製薬スライムでむなしい【製薬】を続けていたせいもあるかもしれない。

僕にとって、助けられる側と助ける側、どちらの反応も感じることができるのはすごく嬉しいことだった。

店頭で話をするお客さんと先代さんを見て、薬を作るって意味があることなんだ……なんて思った。

「値下げするなら、一応ギュスターヴさんにも相談しないと……」

『ポヨン、プルプル』

売店カウンターの後ろに箱を置く。

プラムが、依頼が貼られた掲示板を指（？）さし『ねさげ、しなくていいんじゃない？』と言っている。

「……あ、そっか。十二迷刻が近付いているから、素材もたくさん採れてるし、仕事も収入も増えてるのか」

掲示板にはギルド職員さんの手によって、次々と新しい依頼が張り出されていて、減る様子はない。

「キラキラポーションはまだ売り出したばかりだし、値段のことを考えるのはもう少し先でよさそうだね」

『ポヨ』

「うん。じゃあ値札はこのままで……今日も開店！　よろしくね、プラム」

『プルン！』

開店からしばらくして、売店には人だかりがしていた。依頼の受注や完了報告を終えた冒険者たちが一気に押し寄せたのだ。

「今日は一人三本までです！　こちらに並んでください！」

僕はお会計をしたり列を整理したり、売店カウンターで大忙しだ。

この盛況具合は、店を開けるのがちょっと久しぶりだからだろうけど……プラムがいてくれて助かった……！

やっぱりプラムはすごい。カウンターに乗り、あっちへこっちへ何本もの手（？）を伸ばし、お客さんにポーションを手渡していく。こんなのプラムじゃなきゃできないよ！

「――今日も大盛況だな、ロイ」

「あ、ギュスターヴさん！　いい場所をありがとうございます！」

「こちらこそ。お前のポーションのおかげで助かってる」

ギュスターヴさんがニッと笑ってお礼を言った。

僕は満面の笑みでギュスターヴさんを見上げる。

「えへ」

ギュスターヴさんに褒められるのは嬉しい。助かってるだなんて、ギュスターヴさんの力になれたならもっと嬉しい！

「モーリスの売店も、やっといつも通りになって助かったって言ってたぞ。あっちの初級ポーションの売れ行きも変わってねぇから安心しろ」

「よかったぁ。気になってたんだ、僕」

モーリスさんが一息つけてるのも、あちらのポーションの売れ行きが変わっていないことにもホッとした。

だって、もし僕のポーションだけが売れて他が売れなかったら、僕じゃなくてギルド長のギュスターヴさんが恨まれるんじゃゃって心配だったんだ。

僕を贔屓してるって思われないか、ちょっと不安で……

「でも、気軽に使える初級ポーションが売れなくなるわけないいかぁ」

「まあな。だが今は迷宮が不安定な状況だからな。いつでも安く買えるポーションはそっちのけで、お前の少し高いポーションばかり売れる可能性もあったんだ。ロイ一人で細々と作ってるのが逆によかった」

ギュスターヴさんは、ぽんぽんと僕の肩を叩く。もしかして、ギュスターヴさんもポーションの売れ行きがどうなるか、心配だったのかな？

「ふふっ。製薬は一瞬だけど、素材は普通に必要だし下拵えの手間もかかるし、これが精一杯です！」

「無理はするなよ。まあ、稼げるうちに稼いでおけ」

「はい！　あっ、そうだ！」

僕はギュスターヴさんの袖を引っ張り「お下がりのシャツ、ありがとうございました！」と耳打ちする。ちょうど今日も着ているので、「見て！」と両手を広げてみせた。

「案外まともに着れてるな。もっとダボダボになるかと思ってた」

そう言って笑うギュスターヴさんは、僕の頭をくしゃくしゃに撫でて、早足で二階へ上がっていった。

「ふふ……ぐっしゃぐしゃだ」

たまには子供扱いされるのも悪くない。僕はそう思った。

『プルル、プルルン！』

「あっ、ごめんプラム！」

『おきゃくさん、いっぱいだよ！』とプラムに肩を叩かれて我に返る。

のんびり話してる場合じゃなかった！

にゅっ！　にゅっ！　と、あちこちに手（？）を伸ばしポーションを渡すプラムは本当に働き者で頼りになる。

「これじゃ、プラムが迷宮に行く日は大変そうだなあ」

たぶんプラムは一人で売店を回せるけど、僕は一人じゃ難しい気がする……！


朝のお客さんの波が去り、僕らはここで一息。

昼時にはまた人が増えるから、それに備えてポーションを補充しなくっちゃ。

「んにゃ〜！　ロイ〜！」

「あれっ、ククルルくん？　今日はどうしたの？」

「ククルル、さっき孤児院でリディに会ったのにゃ。でにゃ、今日はリディと一緒に迷宮に行く約束したんにゃけど、『ロイ、足りない素材ないかな？』ってリディが言ってて、ククルル聞きに来たにゃ」

ククルルくんはキラキラポーションの売店カウンターに手を乗せて、尻尾をふりふり。ちょっとしたこのお使いが楽しいようだ。

これは何かお願いしたほうがいいかな？

プラムを見ると、『プルル』と小さく揺れて笑っている。プラムも同じように思ってるみたい。

「んー……足りないものはないけど、面白そうな素材を見つけたら教えてほしいな。無理はしないでね」

「分かったにゃ！　面白いものにゃね。ククルルも面白いもの好きにゃ～！　いってくるにゃ～！」

ククルルくんは小さなキバを見せ、にぱーと笑って踊りながらギルドを出て行った。

「……ククルルくんって毎日元気だね」

『ポヨン』

いつも踊ってる気がするよ……

そんな思わぬ来訪はあったけど、混み合う昼の販売も、午後も夕方も、品切れになったりトラブルになったりすることなく過ごせた。

「今日はリディもククルルくんも、もう来ないのかな～？」

ククルルくんのことだから、楽しすぎて探索が長引いてしまってるのかも？

リディはあんまり遅くなると怒られちゃいそうから、たぶん今日はギルドには寄らずに急いで帰ったんだろうなぁ。

「何か面白いもの見つけてくれたかな？」

『プルルン！』

そんなことをプラムと話しながら、そろそろ店を閉めようと片付け始めた時だった。

突然、ギルド内がざわめいた。

「ん？　……あっ」

アルベール様だ！

彼はラブリュスで一番の冒険者クラン『イグニス』の団長で、領主であるラブリュストラ迷宮伯の次男だ。あ、この前も一緒だった眼鏡の魔導師さんもいる。

クランっていうのは、パーティーよりも大きな冒険者集団のことだ。

アルベール様は赤い髪に深紅のマント。魔導師さんは淡い金色の長髪を束ね、揃いのマントを着けている。二人とも人目を引くけど、アルベール様は存在感が違う。

リディやギュスターヴさんもすごく人目を引くけど、綺麗とか格好いい人は、そこにいるだけで雰囲気を変えるんだな、なんてぼんやり見つめて思う。

それにしてもアルベール様、ギルドにはたまにしか来ないって聞いてたけど、この前、僕が初めて会った時に来たばかりだよね？　何かあったのかな……

「ロイ君」

「えっ。はい！　こんにちは、アルベール様！」

僕はピーンと背筋を伸ばし、アルベール様を見上げた。

遠巻きにしてこちらを見ている職員さん、冒険者たちまで姿勢を正している。

うん、その気持ち分かる！

「もう店仕舞いだったかな。しかし、繁盛してるようだね。君が全然うちに来ないから、こちらから来てみたんだが？」

「え……？　あっ、はい、すみません！」

もしかして、この前会った時プラムに興味を持ってくれて、『暇ができたら絶対に一度うちに来てくれ』って言ったの、社交辞令とか冗談じゃなかったんだ⁉

いやいや、まさか本心からそう言ってたなんて思わないよ！

だってアルベール様のクランなんて、僕が足を踏み入れるのは恐れ多い。まず建物が綺麗すぎて、僕の履き潰した靴で入るのが申し訳ない。

それに団員の人たちは高位冒険者ばかりだ。駆け出しの僕じゃ場違いすぎる。

でもアルベール様、本当にプラムを調べたいと思ってたんだ。

イグニスは迷宮を攻略するだけでなく、迷宮の構造や魔素濃度を調査したり、採取した素材のデータを公開していたりする。アルベール様は、毒草の使い道を探るため、プラムにいろいろな薬草を食べてみてもらいたいって言ってたけど……

僕は緊張で直立したまま、カウンター上のプラムにそっと手を伸ばす。

ぺと、と繋がれた手（？）から、『だいじょうぶだよ』という声が伝わってきて、ちょっぴり落ち着いた。

「ロイ君、そんなにかしこまらないでいいよ。君も忙しかっただろうし、正式に招待もしなかったしな。ところでだ。これが噂のキラキラポーション？　ちょっと見ても？」

「は、はい！　どうぞ！」

僕は、慌ててキラキラポーションを手渡す。

「シメオン。お前も、ほら」

「言われなくても見てますよ」

シメオンって名前、聞いたことある。イグニスの幹部の一人だ。この眼鏡の魔導師さん、前会った時もアルベール様と親しそうだったし納得だ。

「君、私も手に取って見てもいいかな」

「あっ、はい。どうぞ」

僕の返事を待ってから、シメオンさんはキラキラポーションの瓶を持ち、顔の前で振り観察している。振る度に、キラキラが瓶の中で拡散され、また集まる。

このキラキラはポーションに溶けきらなかった魔力。何度振ろうとも消えることはない。

シメオンさんの目に、僕のキラキラポーションはどんなふうに見えるんだろう。

「――なるほど。確かにこれは普通のポーションではありませんね」

シメオンさんはキラキラポーションを掲げたまま、眼鏡の奥から僕を見下ろした。

顔は微笑んでいるようだけど、その目は笑っていない。

ええ、怖い。普通じゃないって、【製薬】スキルで作ってるって分かったのかな？

「ロイといいましたね。この場で言うのもどうかと思いますが……イグニスでポーションを作りませんか？」

「……え？」

イグニスでポーションを作るって、どういうこと？

想定外の言葉が出てきて、僕はきょとんとシメオンさんを見上げてしまった。

するとシメオンさんは、ちょっと屈んで僕の耳に小声で告げた。

「我々は、この売店で販売するよりも高額の報酬を用意できます。それから安定的な素材の提供と専用の工房、研究をしたいなら助手も付けましょう。いかがですか？」

「え……？」

僕はぽかんと口を開け、大きく首を傾げてしまった。

「おや、足りませんか？　そうだ、あなたの部屋も用意できますよ。クランの建物がお嫌でしたら、希望する物件を提供しましょう」

「はい……？」

どうして僕に？　どうしてそんなよすぎる条件で？

――いや、待って？　もしかしなくてもコレ……クランへの勧誘？　高位冒険者や特殊技能者だけが誘われるっていう、アレ⁉

「あの……勧誘ですか？」

僕の言葉に、ギルド内が再びざわめいた。

信じられない思いでシメオンさんとアルベール様を見上げると、アルベール様がニッと笑った。

「そう。勧誘だよ。君が作るポーションの品質、その腕を評価しているんだ。それから将来性も――」

「にゃにゃ！　待つにゃ～！」

バーン！　と、大きな音を立ててギルドの扉が開かれた。

「えっ、ククルルくん⁉」

その予想外の登場にも驚くけど、どうしてこの子は『バーン！』と豪快に扉を開けるんだろうね？　とってもククルルくんらしいけど。

「子猫ちゃん、ちょっと速いわよぉ？　……あらぁ。アルベールくんったら本当にいたのねぇ？」

ククルルくんの後ろから、ベアトリスさんも姿を見せた。

「ベアトリス殿……」

アルベール様はハァ～と溜息を吐き、シメオンさんはサッとその背に僕を隠した。

というかベアトリスさん、アルベール様のことアルベールくんって呼んだ？　『白夜の錬金術師』は、ラブリュストラ迷宮伯家よりも格上……ってこと？

「あらあらぁ。シメオンくんは何を隠したのかしらぁ？　見えてるわよぉ？」

「……ベアトリス様。お久しぶりです」

シメオンさんはばつが悪そうに、だけど軽く頭を下げて言う。

「ええ、お久しぶり。うふふ、二人とも大きくなったわねぇ。噂はいろいろ聞いているわぁ」

僕から顔は見えないけど、アルベール様もシメオンさんも、絶対に苦虫を噛み潰したような顔をしている。シメオンさんなんか小さく舌打ちしてるもん。

「さて。ぼくぅ？　お顔を見せて？」

「ベアトリスさん、この前はありがとうございました。えっと、今日はギュスターヴさんにご用ですか？」

僕はシメオンさんの背中から一歩出て、ベアトリスさんにそう返す。

「やぁね、ぼくに会いに来たのよぉ？　ぼくが悪いお兄さんたちに攫《さら》われちゃうんじゃないかって心配したの。うふふ。こっちへいらっしゃい」

ベアトリスさんはニッコリ微笑み僕を手招きする。

売店カウンターから出て、小走りでベアトリスさんの側に行ったら、そっと肩を抱き寄せられた。

僕の肩の上にいたプラムは、ベアトリスさんの腕にむぎゅっとくっついている。

そしてククルルくんは、なぜかアルベール様のブーツに、シャッシャッと子猫パンチをしていた。

何してるのククルルくん……！

「シメオンくん。だめよぉ？　ぼくの能力に先に気付いたのは、冒険者ギルドと、このベアトリスよ。の〜んびり迷宮城のお散歩をしてる間に、キラキラ輝く素敵なポーションが売り出されて驚いたのねぇ？　でも、横から掻っ攫っていくのは無礼じゃないかしら」

ベアトリスさんの言葉、語尾にいつもの甘さがない。

……もしかして、ベアトリスさんは本当に僕を心配して？　けど、どうして？

「ロイ。ククルルは迷宮を出たとこで、紅いおにーさんたちの話を聞いたのにゃ。ロイが連れてかれちゃうと思って、大急ぎでベアトおねーさんを呼んできたんにゃよ」

「え？」

すごい。ククルルくん足が速い。さすが旅するケットシーだ。

「連れていくだなんて人聞きの悪いことを言う子猫ですね。勧誘の自由はあるでしょう？　正当な代価を支払うのでクランに入りませんか、と話をしていただけですよ」

「そうだ、ベアトリス殿。ロイ君、俺たちは悪いお兄さんじゃない」

シメオンさんとアルベール様が口々に言う。

「お話ねぇ。でも、アルベールくん？　この子を守れる？　こんなに素敵なキラキラのポーションを作る子よ？　魔法薬師ギルドがうるさいでしょうねぇ」

ベアトリスさんはキラキラポーションを摘まみ上げ、ゆらゆら揺らす。

「だからこそ我々のクランで……」

「囲うの？　こんな子供を、みんなの目に触れないよう、金と食事とフカフカのベッドで篭絡《ろうらく》するつもり？　やだわぁ。やっぱり悪いお兄さんね。ねぇ？　ぼくぅ？」

痛いところを突かれたのか、シメオンさんとアルベール様は目を逸らした。

そっか。僕、囲われるとこだったのか……

確かにベアトリスさんの言う通りかもしれない。

前世では錬金王に飼われ、塔に閉じ込められ無気力にポーションを作っていた。

イグニスに入ったら、塔がクランの本部に変わるだけ。それじゃあまた、塔で十字の格子窓を見上げていたあの頃に逆戻りだ。

せっかく自由になれたのに、今度は自ら閉じ込められに行くなんて馬鹿げてる。

それに、もしクランに入ったら、僕のポーションは独占されるだろう。

そうしたら、この売店でキラキラポーションを買ってくれているみんなはどうなる？

僕のポーションを必要とする人はたくさんいる。そんな人たちは初級ポーションを大量に買うの？　無理をして中級ポーションを買うの？

「ぼくぅ？　ちゃあんと考えなさい。あなたは薬師なのでしょう？」

ベアトリスさんが、ポン、と僕の背中を軽く叩いて言う。

僕はベアトリスさんを見上げ、続いてアルベール様とシメオンさんを見つめる。

——みんなが憧れるイグニスに勧誘されたのはすごく嬉しい。第一線で活躍する冒険者だ。

この街に住んでいて憧れないはずがない。深紅のマントも格好いいと思っていた。

イグニスは待遇もいいって聞くし、生活が安定しそうなのも魅力的だ。

僕のポーションを評価してくれたのも本当なんだろうけど、でも——

「アルベール様、シメオンさん。ごめんなさい。僕、イグニスには入りません」

僕にはもう仲間がいる。プラムとリディだ。ククルルくんも、僕を助けてくれる仲間だね。

特にリディとは素材取り引きの約束もしている。まだ迷宮にも、この街にも不慣れなリディを置いて、僕だけイグニスに入るなんてだめだ。

強いけど世間知らずなリディを一人で放り出すなんて心配すぎてできない。

それに、断る理由はもう一つある。

「イグニスだけのためにポーションを作るのは、何かちょっと違う気がするんです。僕前世では、塔の中で王様だけのためにポーションを作っていた。手応えも褒められることもない、あのむなしい気持ちは今も忘れられない。

だから今世では、自分で作りたいものを作り、自分の生活や楽しみのためにポーションを作りたい。

欲しいと言ってくれる人もたくさんいて、手応えも喜びもある。それが、僕は嬉しい。

「僕は、欲しいと思ってくれるどんな人の手にも、キラキラポーションが届くようにしたいんです」

僕のためにも、みんなのためにもなる薬を作りたい。

顔を上げ、アルベール様とシメオンさんをしっかりと見つめた。

製薬スライムだった頃だって、今だって、僕は楽しくポーションを作りたいだけなんだ。今、はっきりとそれが分かった気がする。

「……はぁ。ベアトリス殿まで出てきて、本人にもこんなにあっさりと断られるとはなぁ。残念」

アルベール様は溜息を漏らし苦笑する。

無礼だって怒られるかもと、内心身構えていた僕はちょっと驚いた。アルベール様はイグニスの長。一番偉い人。

言うことを聞かなくても、残念の一言で済ませてくれるこんな人もいるんだ……って、思ってしまった。

「あの、勧誘してくださったことは嬉しかったんです。でも、ごめんなさいアルベール様」

ちょっと申し訳ない気持ちで、僕はアルベール様に頭を下げた。すると目に入ったのはククルルくんだ。

ククルルくんってば、まだアルベール様に子猫パンチしてる。もういいのに……って、あ、違うなこれ。ただマントにじゃれてるだけだ。

子猫パンチで抗議をしてるうちに、ヒラヒラ揺れるマントが楽しくて夢中になっちゃったんだね……ククルルくんらしいや。

「頭を上げてくれ、ロイ君。詫びるのはこちらだ。他に取られまいと焦って、礼を失した勧誘をしたね。こんな才能を見逃していた時点で俺たちの負けだっていうのにな」

「確かにそうですね。私も謝罪します。しかし、しばらく迷宮城に籠もっていて、君のポーションを知るのが遅れたのは不覚でした。はぁ。悔しいので、ロイ君。ここにあるキラキラポーションを全て売ってください」

「えっ、全部ですか⁉」

シメオンさんの言葉に目を見張った。

どこまで全部⁉　店仕舞いって言ったって、今日は絶対に品切れさせないために、たくさんのポーションを用意した。カウンターの上にはまだ数十本あるし、下には在庫の箱もある。

「ええ。君が困らないのであれば、箱の中まで全部です」

シメオンさんはにっこり笑って財布を出す。アルベール様も頷いている。

「わ、分かりました。用意しますね」

お金持ちってすごい！　僕もいつか『全部ください』ってやってみたい。薬草とか調合器具とかで……！

でも、いくら大所帯のイグニスといっても、一気にこんな量のポーション使う？

プラムと箱に詰めながら首を傾げた。

「ロイ君、心配は無用です。さすがにレシピの解析はすぐにはできません。このポーションは、しばらくは君の独占販売となるでしょう。ですが十二迷刻を控えた今、できる備えはしておきたいんです」

解析するんだ！　シメオンさんか、クランの誰かが僕の《レシピ解》みたいなスキルを持ってるのかな？

あ、でもすぐにはできないってことは、スキルじゃなくて地道な手作業で解析に挑むのかな。

「じゃあ、僕は新しいポーションの開発を頑張ります！」

ここでもまた十二迷刻という言葉が出てきた。最近よく聞くようになった迷宮の異変のこと。

十二年に一度起きるっていう十二迷刻は、本当に大きなことなんだ。

「ロイ君」

「はい！　なんでしょうか、アルベール様」

「君を諦めたわけではないし、プラム君にも協力してもらいたいんだ。今後も仲良くしよう」

「ありがたいですけど……僕、クランには入りませんよ？」

「今は、だろう？　気が変わったらいつでもおいで。プラム君も、頼むよ」

『プルン』

プラムがアルベール様の言葉に頷く。

僕は気が変わるとはあんまり思わないけど、キラキラポーションのお得意様になってくれるのは歓迎だから、仲良くしておくのは悪くない。えへへ。

「ところで、君のもう一人の友人は、今日はいないのか？」

「え？」

アルベール様はプラムとククルルくんに目をやり薄く微笑む。

「ハーフエルフの少女とよく一緒に行動していると聞いたが」

びっくり。僕だけじゃなくて、リディのこともアルベール様の耳に届いてたんだ。リディも目立つもんね。でも……

僕はアルベール様を初めて見た日のことを思い出す。リディはなぜかアルベール様を避けていたように思えたんだよね。どうしよう……

「あの、その子も勧誘するんですか？」

「いや。そうじゃないんだが……ちょっと会ってみたいと思って」

「え」

アルベール様の予想外の返答に僕は固まった。

え、リディに会いたい……？

「にゃっ！　やっぱり悪いおにーさんじゃにゃい？　リディは可愛いから危険にゃ」

ククルルくんが再びアルベール様を警戒して、シュッ、シュッ、とマントを殴る。

「ククルルくんは本当に人聞きの悪いことを言うな？」

アルベール様は屈んでククルルくんの顔をくしゃくしゃ撫でる。

「にゃ〜！　やめるにゃ〜！」

「ロイ君も不安そうな顔をしてくれるな。誓って怪しい目的ではないぞ。君と同じく有望な新人だっていうから、少し気になったんだ」

確かにリディは有望だと思う。ハーフエルフという種族柄、魔力が多く、所持スキルも【魔法剣】という強力なもの。僕よりも先に勧誘するべき新人だ。

「えっと、彼女とはいつも一緒なわけではないです。今日は迷宮城に行ってたみたいだけど、明日どうするのかは分かりません。次に会ったら一応……アルベール様のことは伝えておきます」

「よろしく頼むよ」

アルベール様が微笑むが……

パシッ。パシシッ。

微妙な空気が流れる中、いまだククルルくんがマントを攻撃する音が響いている。

「まったく……この子猫くんは！」

アルベール様はマントをシュッと引いて、ククルルくんを釣り上げる遊びを始めてしまった。

「にゃっ！　マントもやるにゃ！　逃げてみるといいにゃ！」

アルベール様って、思ったよりもかなり気さくな方っぽい？

そんな二人を横目に、シメオンさんはどっさり購入したキラキラポーションの箱を収納バッグに詰め、お金も気前よく払ってくれた。

すご……受け取ったお金がズシリと重い。明日の朝は屋台市で豪遊しちゃおっかな。

——シュッ！　パシシッ。

「お、爪が引っかかったな」

「はぁ。アルベール、まだやってるんですか……ベアトリス様？　この子猫はあなたのところの子なのでしょう？　そろそろ回収してください」

「やあよ。その子は好き勝手にしてるのが可愛いのよぉ？」

シメオンさんに微笑むと、ベアトリスさんはさっさと背中を向けた。

ベアトリスさんは、いつの間にか受付カウンターにいて、エリサさんと何やら話し込んでいた。

「アルベールおにーさんのマントは活きがよくて楽しいにゃ！」

シュッ。ククルルくんの子猫パンチは止まらない。

ククルルくん。たぶんそれアルベール様は遊んでるんじゃなくって、そろそろ帰るからマントを放してくれって思ってるんだよ……

そんなこんなでアルベール様たちを見送り、僕は片付けを終えた。なんだかどっと疲れた気がする。

『プルル』

「プラムもお疲れ様。今日は予想外の収入もあったし、食堂でいっぱいごはん食べよっか」

『プルン！』

プラムは『うん！』と頷き、分かりやすくウキウキしている。

はぁ～、プラムって働き者だし可愛いし、最高の相棒だなぁ。

「んにゃにゃ、ロイ～」

「あ、ククルルくん。あれ？　そういえばベアトリスさんは？」

「二階にゃ。ギュスターヴさんとお話し中にゃ。あのにゃ、片付けが終わったらお部屋に来るようにって、二人が呼んでるにゃ」

え、今度はギュスターヴさんとベアトリスさんからお話かぁ。なんだろう。面倒ごとじゃなきゃいいなあ。

「ロイ？　にゃんかごめんにゃ？」

「えっ？　どうして？」

「ククルルがベアトおねーさんを呼んできたにゃ」

ククルルくんは真剣な顔で僕を見上げる。

「ごめんにゃ？　お説教にゃにゃいと思うけど、たぶん面倒ごとにゃ」

「あはは、ククルルくんのせいじゃないよ。それに今日はいいタイミングでベアトリスさんを連れてきてくれて助かっちゃった」

ベアトリスさんが来なかったら、アルベール様たちの勧誘を断り切れずクランまで連れて行かれてたような気もする。

「そうにゃ？　それにゃらよかったにゃ！　ククルルちょっと悪いことしたにゃ～……って考えちゃって、おにゃか空いちゃったにゃよ」

くぅ。とククルルくんのお腹の音が鳴って、ククルルくんは「ロイ、にゃんかオヤツ持ってにゃい？」と、ちゃっかり笑顔で言った。


ククルルくんに連れていかれたのはギュスターヴさんの執務室。

冒険者ギルドの人ではないベアトリスさんがいるから、今日は応接室だろうと思ったんだけど違った。ベアトリスさんは、それだけギュスターヴさんに信頼されてるってことなのかな。

お互いをよく知ってるみたいだし、二人はもしかして長い付き合いとか？

どんな知り合いなんだろうなぁ。

「あの、お話ってなんですか……？」

ソファーに座った僕は、正面のギュスターヴさんとベアトリスさんを見上げた。

ちなみにククルルくんは、僕の隣で『兎花の蜜のカヌレ』をうみゃうみゃ言いながら食べている。

これはベアトリスさんが持ってきてくれたお土産らしい。一緒に座るプラムにも分けてあげていて、嬉しそうに頬張る二人の姿が可愛い。

「お話はもちろんキラキラポーションのことよぉ？　ぼくも分かったと思うけど、これはトラブルのもとだわぁ」

いつもの甘ったるい話し方のベアトリスさんだけど、僕を見つめるその目は甘くない。

なんだか先生みたいな、ちょっと厳しい感じ。

「このキラキラポーションは、冒険者の探索の仕方を変えるだけでなく、お金になるわぁ。師匠もなく、魔法薬師登録もない子供の手には負えない。まぁ、だからギュスターヴがお墨付《すみつ》きを与えて、ギルドの売店でちぃっちゃく扱ったり、領主や国王陛下に報告したりしたのだろうけどぉ。面倒ごとは待ってくれないのよねぇ」

ベアトリスさんはチラリとギュスターヴさんを見て言う。

面倒ごとって、アルベール様のこと？　それとも他のこと？　僕はドキドキしつつギュスターヴさんを見つめる。

「ここらでロイのキラキラポーションをどう扱うか、改めて考えたいと思う。こちらに案はいくつかあるんだが、ロイ。お前はどうしたい？」

「え？　僕？」

どうしたいかって、そんなことを聞かれると思っていなかったので答えに詰まる。

僕はこのままキラキラポーションを作って、売店で売って、お金を貯めたいと思うけど……扱いを考えるってことは、これまで通りじゃいけない……？

「ぼくぅ？　あなた目標や夢はないのぉ？」

目標、夢……？

夢ならある。この前リディと話したばかりだ。

「夢は……僕、魔法薬師になって、いつかもっと大きな自分のお店を持ちたいです！」

僕の言葉にギュスターヴさんは目を丸くして、そして嬉しそうに微笑んだ。

きっと、僕が『夢』なんて不確かなことを口にするのが初めてだからだろう。

その温かい眼差しは、なんだかちょっと恥ずかしい。でも、一番お世話になってるギュスターヴさんが喜んでくれるのは嬉しい。照れるけど。

それに僕が口にしたこの夢が、無謀だって言われたり、馬鹿にされたりしなかったことも嬉しい。

遠い昔、塔の中で外に出ることを夢見ていたぼくだけど、今はその外にいて、自由に夢を見られるんだって改めて実感する。

「いい夢だな。ロイ」

「はい！　あ、でも目標もちゃんとあります！　まずは安定した仕事と家が欲しくて、美味しいごはんをお腹いっぱい食べたくて……あと、お店より先に自分の工房が欲しいです！　あ、でもこれは夢になっちゃうか」

工房を構えるのは大変だし、手続きも手間が掛かるって聞く。

僕の場合、器具はそんなに必要ないから大変さは減ると思うけど、逆に設備がなさすぎて、魔法薬の工房として許可が出るのか心配だ。

「……ちょっと、ギュスターヴ。食事くらいお腹いっぱい食べさせてあげなさいよねぇ？　だからこの子こんなにちっちゃくて細いのよぉ。私だって子猫ちゃんにオヤツをあげてるっていうのに」

「ちゃんと食わせてる。コイツの場合は奉公先がひどすぎたんだ」

ギュスターヴさんを責めるように、ベアトリスさんがジトッと睨む。

「ロイってばかわいそうにゃ……お腹空いてたにゃら、カヌレ食べるといいにゃ」

「ククルルくん……」

僕の手にカヌレがそっと置かれた。直置きだから掌がベトベトになったけど嬉しい。

それにしても食いしん坊のククルルくんが、プラムだけじゃなく僕にもオヤツを分けてくれるなんて。僕、そんなに不憫《ふびん》に思われることを言ったかな？

大人二人にも食べなさいと勧められたカヌレを口にしながら、改めてバスチアの旦那様も若旦那さんも、ろくでもない主《あるじ》だったんだなと思う。

「話は逸れたが、ロイのキラキラポーションはこのまま冒険者ギルド《うち》で扱う。実は領主様にロイのポーションの存在を伝え、魔法薬師ギルドを牽制《けんせい》してもらっているんだが、懲りずにまた横槍が入ったんだ。しかし、無視しよう」

ギュスターヴさんがニッと笑い、魔法薬師ギルドの紋章が入っている書状をぽいと放った。

「えっ、大丈夫なの!?　ギュスターヴさん」

「構わん。魔法薬師見習いだったお前を見捨てたくせに、有益な薬を作った途端『元は魔法薬師見習いだからこちらで面倒を見よう』なんて調子がよすぎるんだよ。ロイ。お前は青銅級冒険者で、小遣い稼ぎにポーションを売ってるだけだ。いいな」

「そうよぉ。それに『魔法薬の安全性を保証できるのは魔法薬師ギルドだけ』なぁんてよく言うわぁ。そのギルド員がおかしな薬を作って捕縛されたばかりなのに、笑わせるわよねぇ。ギュスターヴ、ぼくの魔法薬の安全性は、このベアトリスが保証すると言ってやりなさいな」

ギュスターヴさんはニヤリ。ベアトリスさんはうふふ。二人は悪い笑顔で頷き合う。

わあ、心強い。

でも、確かに魔法薬師ギルドは調子がよすぎる。

魔法薬師見習いとは、魔法薬師が弟子としてギルドに登録している者のこと。

旦那様に登録されていなかった、僕らバスチア魔法薬店の奉公人は、魔法薬師見習いではない。

だから店が封鎖された後、魔法薬師ギルドに、保護も衣食住の援助もできないと言われたのだ。

なのにキラキラポーションのことを知った途端、くるっと掌を返すなんて信用できないよ。

「安心なさぁい？　ぼく。私はちゃ～んと夢と目標を持って仕事をする子は好きなの。悪いようにはしないわぁ」

「ああ、そうだ。ちょうどいいからアルベール様を使おう。大っぴらに買い占めてくれて助かったな」

ん？　どういうこと？

「アルベール様をどうするの？　ギュスターヴさん」

「ちょっと利用させてもらうだけだ。あちらにも損はない」

そう言うと、ギュスターヴさんはサラサラとペンを走らせる。何を書いてるんだろう。

「うふふ。魔法薬師ギルドにお手紙よぉ。『ご心配ありがとう。新人冒険者のロイ一人では生産が追いつかないので、白夜の錬金術師も懇意《こんい》にしている、冒険者ギルドとイグニスが協力をすることになった。どうぞご安心を』って感じのことを書いてるのぉ」

「……それって『黙って見てろ』って、嫌味っぽく言ってるってことですよね？」

「その通りよぉ。私とアルベールくんの名前があってもなお、ちょっかい出してくるようだったら、お仕置きしなくちゃいけないわぁ。楽しみ」

ニヤリ、うふふふふとベアトリスさんが笑う。

「これを見てもまだお前に手を出すなら、魔法薬師ギルドは馬鹿だ。それか、よっぽど欲深いかのどちらかだ」

ギュスターヴさんは短い文章を書いた手紙を封筒に入れ、封に蝋《ろう》を施すと、机の上にぽいっと置いた。

「あれ？　すぐに伝書便《ハト》で送らなくていいの？」

「わざわざ経費と俺の魔力を使って、伝書便《ハト》で送るほどの価値もない。明日のお小遣い用依頼に出す」

わぁ。お前への返事なんて、子供のお使いで十分だって、そういう意味まで付けて返事をするってことか。

魔法薬師ギルドと喧嘩になりそうだけど、本当にいいのかな……？

「あらあらぁ。そんな顔しなくて大丈夫よぉ？　先に喧嘩を売ってきたのも、失礼なことを言ってきたのもあちらだものぉ。冒険者にこんな態度を取って丁寧に対応してもらえると思ってるなら、本当にお馬鹿さんなのよ」

「はい」

「こわいにゃー。にゃっにゃっにゃっ」

『プルプル、プルル』

ベアトリスさんの言葉に、ククルルくんとプラムは怖いと言いつつ、笑っている。

うん。みんな血の気が多いね！　さすが冒険者だよ。

舐められたら終わり、って冒険者の間ではよく言うけど、ギュスターヴさんたちの対応を見ると、ギルド同士でもそうなのかもしれないね。

僕も覚えておこう。

「それから、ロイ。イグニスへの販売は受注生産にしねぇか？　毎回、突然買い占められると冒険者たちが困る」

「キラキラポーションはたくさん作ってあるから在庫補充すれば……って思ったけど、だめか」

ギュスターヴさんの提案に僕は考え込む。

今後イグニスが買い占める時は、たぶん他の多くの冒険者たちもキラキラポーションを欲しがる時だ。

イグニスは、ラブリュス一番の冒険者集団。回復役の魔導師さんも、お抱え魔法薬師だっている。

そんな人たちがキラキラポーションを買い占めるってことは、それだけ魔物が増えてるとか、探索に苦戦してるということ。

そんな状況になったなら、材料の薬草だって思うように採取できないかもしれない。

「うん。そうだね、僕も受注生産がいいと思う。ギュスターヴさん、アルベール様に話してくれますか？」

「任せとけ」

あとはギュスターヴさんにお任せすることになり、僕はもう帰っていいと言われた。

ギュスターヴさんとベアトリスさんは、まだ相談することがあるそうだ。

部屋を退出する際にソファーを見たら、お腹いっぱいになったククルルくんが丸くなって眠っていた。

プラムを肩に乗せ、僕はそのまま食堂に寄ると、パンとソーセージを分けてもらって部屋へ戻った。

今日はたらふく食べようと思ってたんだけど、そんな元気は残っていなかった。

「はぁー……疲れた！」

部屋に入った瞬間、僕はベッドに転がった。

今日一日いろいろあったせいもあるけど、最後の呼び出しが一番疲れた気がする。

魔法薬師ギルドからの横槍の対応も、アルベール様との今後の話も、全部ギュスターヴさんにお願いしてしまった。きっと陰ではベアトリスさんも動いてくれてるのだろう。

白夜の錬金術師の名前は、それだけ大きな力があるっぽい。

「売る薬によっては、他のギルドからも何か言われちゃうかもなぁ」

光属性の素材を使うものは、神殿や魔導師ギルドから『領分を侵すな』『門外漢が客を横取りするな』と言われそうな気がする。

どちらの組織も、魔除けや解呪、祝福などを稼ぎの一つにしている。

もちろん光属性の薬は存在してるし、売られているけど、、神殿や魔導師ギルドに睨まれるような品質ではない。でも、僕が作れば高品質になってしまう。

《高品質》のスキル効果があるからだ。

「うーん……お店を持つまでにいろいろ勉強しなきゃ」

接客やお金の管理だけじゃなく、同業者との付き合い方も学ばなくちゃいけない。

幸い、僕には教えてくれる人がいる。エリサさんやギュスターヴさん、食堂の店長さん、ベアトリスさんもいる。

「……みんな『舐められたら終わりだ』『やられる前にやれ』って言いそうな気がするなぁ」

僕は天井に向かって呟いて、ふふっと笑った。

「ここは冒険者ギルドだし仕方ないか」

『ポヨッ、ポヨヨ』

一緒にごろ寝していたプラムも笑っている。

「はー……疲れたね。さっさとごはん食べて寝ちゃおっか」

『ポヨン。ポヨヨ』

プラムは頷いて、にゅっとキラキラポーションを差し出した。え、僕そんなに疲れて見えるの？　そこまでじゃないよと思ったけど、プラムがあんまりにも『のんで』とグイグイ押しつけるので、僕はキラキラポーションを一気に飲み干す。

「あ、体が軽くなった」

『プルン！』

『そうでしょ！』とプラムは胸を張った。

「よーし。体も軽くなったし、ごはんの用意してくるね！　プラムはゆっくりしてて！」

プラムは僕以上に働いていたもんね。ちょっと休憩してもらわなきゃ。

僕はプラムを部屋に残し、簡易キッチンへ向かった。

ここには共用の魔道具、『氷冷庫《ひょうれいこ》』が置いてあって、食材や作り置きした料理を入れておける。

「氷冷庫っていうより、小部屋だけどね……」

本来、氷冷庫は高価な魔道具だ。そんなものが、なぜ安宿である簡易宿泊所にあるかといえば、ここが冒険者ギルドだから。

昔、迷宮帰りに食堂で飲んでいた黄金級魔導師が、酔っ払った勢いで作ったのが、この氷冷庫だという。当時はここ、倉庫だったんだって。

「えっと、どこに置いたっけ？　あ、あった」

僕は手を伸ばし、自分の名前タグが付いた両手鍋を棚から下ろす。

これはこの前、ハズレで採取した彩野カブや彩人参、彩豆で作っておいたスープだ。

毎日、毎食、外食なんてできないからね！　僕は魔導コンロに鍋を乗せ、火に掛ける。

「ソーセージ入れよ」

食堂で分けてもらったやつだ。ナイフで適当に切って鍋へ入れる。

ハズレの彩野菜は美味しいけど、やっぱり野菜だけでは寂しい。

ソーセージがちょこっとでも入れば、脂が溶け出して美味しくなるし、お肉を食べると元気が出る。は～、分けてもらえてよかった。

「そろそろいいかな」

僕は腕まくりしていたシャツの袖を伸ばし、手袋代わりにして鍋を持つ。

このまま部屋に持っていっちゃおう。

僕が鍋を抱えて戻ると、プラムが机の上にコップとスプーン、パンを並べてくれていた。

『ポヨン！　ポヨン！』

「うん、食べよ！」

一人じゃないっていいなあ。僕はプラムと二人、ちょっと煮詰まった温かいスープをもしゃもしゃ食べた。美味しかった！

第四章　ドッペルゲンガーの噂

数日後。

『プルルン、プルルン』

朝の身支度をする僕の傍らで、プラムは水の入った桶に手（？）を突っ込みチュルルと水を吸う。

そして部屋の片隅に置かれた木箱に向かい、シャワワ～と水を注いでいく。

切り取ってきた、永久薬草壁を入れてある箱だ。

「成長具合はどう？　プラム」

『プルル』

プラムが『あんまりよくない』と首（？）を横に振る。しょんぼりしてるなぁ。

僕は寝癖を手で撫でつけながらプラムの隣にしゃがみ込む。

箱の中を覗くと、永久薬草壁に生えている薬草の数は変わらず、持ち帰ってきてから成長している様子もない。

「色つやもあんまりよくないね。ちょっと萎れぎみだし……植物用栄養剤をあげてみよっか」

『ポヨン！』

作り置きしておいた植物用栄養剤をプラムに手渡すと、さっそくキュポン！　と栓を抜き、永久薬草壁に与えてくれる。

『げんきにな～れ、げんきにな～れ』と心を込めてだ。

「元気になって、プラムがオヤツにできるくらいになるといいね！」

『プルン！』

「さ、それじゃ出掛けよっか」

今日は採取日だ。売り物にするキラキラポーションの素材はリディにお願いしてるけど、たまには自分で採取に行きたい。僕は薬を作るのが好きだけど、薬草採取も大好きなんだよね。

この薬草で何を作ろうかな、図鑑で見たあの薬草を採取してみたいな、あの薬を作りたいな。

そんなことを思って採取をして、調合をするのが楽しい。

せっかく【製薬】スキルの一級を持ってるんだもん。いろいろな薬を作ってみたい！

「よいしょっと」

僕はリュックを背負い、腰にはナイフと投石紐、ポーチをつける。ポーチの中身は、白の結界石と手袋、紙と木炭、飴玉、キラキラポーション……よし、全部ある！

「忘れ物はないよね」

頭の中で持ち物を思い浮かべつつ、リュックの横ポケットをポンと触る。うん、攻撃用の薬玉もちゃんと持った。

「あ、そうだった。プラム、キラキラポーションの箱一個持てる？」

『ポヨ！』

『もてる！』とプラムは軽々箱を持ち上げた。小さいのにほんと力持ちで助かるよ。

「モーリスさんへの差し入れポーションも忘れずに……っと」

僕はキラキラポーション入りの木箱を一つ抱えて部屋を出る。

前回、僕が売店を休んだ時に「キラキラポーションないの？」と何人もモーリスさんの売店に押し掛けたらしい。だから今回は、モーリスさんのお店に、少しだけキラキラポーションを預けることにした。

僕の売店が休みなら次の機会でいいやと思う人が多いけど、どうしても今日必要って人も中にはいる。全てのお客さんを満足させるのは無理。それは分かっている。

でも回復ポーションは、迷宮に潜る冒険者の命綱でもあるから、できることはしたい。

薬師って仕事は、お金が全てじゃないと思うから……先代さんの受け売りだけどね。

『プルン！』

「うん、採取楽しみだね！」

今日は何階層に行こうかな？


迷宮城前広場の時計台の前。

いつもの待ち合わせ場所へ向かう。

今日はリディとククルルくんも一緒に行く予定なんだけど……

「あ、ロイ！」

「リディ、お待たせ！」

「ううん、私が早く来ちゃっただけ。ククルルくんはまだみたいね？」

『ポヨ。ポヨポヨ』

プラムが周囲を見回して『まだ。いたらすぐわかるもんね』と笑う。

そうなんだ。ククルルくんはいつも賑やかだから、捜さなくても来た瞬間に分かるはず。

「ロイ、今日も売店お休みにしちゃって大丈夫なの？　この前迷宮に行ったばかりでしょう？」

「うん。僕も採取したいし、ちょっと事情があって」

「何かあったの？」

リディが心配そうに耳の先を下げる。

「心配するようなことじゃないよ。この前、アルベール様たちがキラキラポーションをたくさん買っていったから、予定より早く在庫がなくなりそうなんだ。売店のお客さんも増えてるし、僕も採取をして、早めに作り足したいだけ」

「アルベール様が……？　滅多にギルドに顔を出さないって聞いたけど、ロイの売店にはよく来るの？」

あれ。リディなら「稼ぎ時ね！」って喜んでくれると思ったんだけど、表情を曇らせて、耳をますます下げてしまった。

「……リディ？」

そうだった。リディは、アルベール様に初めて会った日もちょっと様子がおかしかった。僕の後ろに隠れたり、慌てて裏口から帰ったりして……

「アルベール様が僕の売店に来たのは初めてだよ。キラキラポーションの評判を聞いたんだって。でも今後イグニスには、受注販売で対応することになったから、アルベール様はそんなにはギルドに来ないと思う」

リディはあからさまにホッとしている。

だけど耳はまだしょんぼり下がったままだ。

「リディ。えっと……もしかして、アルベール様に会いたくない……の？」

「……うん」

リディは困ったように眉根を寄せて頷く。

「私、アルベール様とは顔を合わせたくないの。あの方を見かけたら、また隠れると思うけど、おかしく思わないでね。心配もしなくて大丈夫」

なんだろう。嫌いだとかそういうことじゃない感じ？　でも、声が硬い。

アルベール様は迷宮伯家の方だし、貴族だっていうリディと何かあるのかな……？

「分かった。僕もなるべくリディとアルベール様が鉢合わせしないよう気を付けるね。まあ、僕とは住む世界が違うし、アルベール様は迷宮探索で忙しいだろうから、めったに会うことないよ。きっと」

『プルル』

プラムも僕の肩からリディの肩に手（？）を伸ばし、『げんきだして』とポンポンしている。

「二人ともありがとう。えへへ……変なお願いをしてごめんね。あ、そうだ。ちょっとこれを見て。持ってきたの」

そう言って、リディがポーチから取り出したのは数本の日輪草。だけど一目で分かるくらいに品質がいい！　葉っぱがツヤツヤで張りがあって、香りもよくて蕾も大きい。

「リディ、どうしたのこれ!?」

「え？　どうしたのって、塔から持ち帰ったあの壁のものよ？　よく育ってるから採取してきたんだけど……？」

「よく育ってるの!?　えっ、どうやってお世話してるの？　僕のほうは全然元気なくて、育つどころか、枯れちゃわないか心配なくらいなんだ」

「そうなの？　お世話は一日一回お水をあげて、昼間は日に当ててるくらい。預かった植物用栄養剤はまだあげてないけど、ぐんぐん伸びて増えてるの。移植した光属性の薬草もちゃんと根付いてると思う」

「すごい……【緑の手】って、薬草にも永久薬草壁にも効果があるんだね！」

「特に意識はしてないんだけど、そうみたいね。植物に触れるとスキルが発動するみたい」

いいなあ！　【緑の手】ってすごい！　リディって、全薬師が欲しいスキルの持ち主だ。

「ねぇ、ロイが持っていった壁も私がお世話してみる？」

「うん！　お願いしたい！　あと新しい薬草が生えたら教えてほしい！　あの壁、いろいろな種類の薬草が生えるはずなんだ。あっ、毒草も生えるかもしれないから、見慣れないものが生えたら触る前に絶対よく調べてね！」

「分かった。じゃあ帰りに預かっていくね」

「うん。よろしくお願いします！」

リディには『収納バッグ』のポーチがあるから、壁だって楽々持って帰れちゃうもんね。

あっ、大きさも重さも関係ないなら、リディの壁を持ってきてもらって、塔でやったみたいにくっつけて、大きな壁にしちゃうのもありかも……？

「ああ～、塔の工房がもっと近くにあったらいいのに！　そしたら丸ごとリディに永久薬草壁のお世話を依頼したのに……！」

「それ、いい仕事ね！　せめて迷宮城の近くにあったら採取ついでにお世話できたんだけど、残念。西の崖のハズレは微妙に遠いのよね」

そうなんだよ！　日帰りできるけど、少し時間が空いたから……で行くにはちょっと遠い。

壁だけじゃなくて、あの素敵な工房ごと持ってこれたらいいのになあ！

『ポヨヨ！　ポヨ！』

パシパシと肩を叩かれプラムが指（？）さすほうを見ると、賑やかなあの子が走ってきていた。

「ロイ～！　プラム～！　リディも～！　遅くなってごめんにゃ～！」

あはは、やっぱりククルルくんは来ればすぐに分かるね。

「それじゃ行こっか。今日もこの前と同じところに行く？」

「そうね。薬草採取がしたいし……いい？　ククルルくん」

「いいにゃ！　そんで時間があまったら、また迷路階層に寄りたいにゃ。『古王国のよく分からにゃい古文書』見つけたいのにゃ～」

『ポヨヨ、ポヨッ？』

話しながら入り口まで来たところで、プラムが僕の頬をつついた。どうかしたのかな？　と思ってそちらを向いたら、顔見知りの冒険者が目を見開き、僕を見ていた。

「……？　どうかしたの？」

「いや……ロイ、お前これから迷宮か？」

そう言う白銅級冒険者の彼は、今迷宮から出てきたところだろう。

それにしても、わざわざこんなことを聞くなんて何かあったのかな？

「うん。そうだけど、どうして？　あ、キラキラポーションなら、今日はモーリスさんの売店に置いてもらってるから、そっちへ行ってね」

「いやいや、そうじゃねぇよ。俺、さっき中でお前とすれ違ったんだけど……」

彼の顔が引きつっている。これは嘘を吐いてたり、揶揄《からか》ったりしているわけじゃなさそうだ。

「ええ……人違いじゃない？　だって僕、今来たとこだよ？」

「いや、青髪のちっこい冒険者なんてロイくらいしかいねぇよ。格好だってそんな感じだったし……」

あれ？　これ、最近似たようなこと言われなかったっけ。

「――おいおい、こんなとこで溜まってんなよ、せめて端っこで話せ……よ」

今迷宮から出てきた冒険者が、僕の顔を見てギョッとした。

「ロイ？　は？」

「え。もしかして中で僕を見たとか言わないよね？」

「見たどころか声掛けたんだよ！　一人で手ぶらでいたからよ。ただ、無視されちまって、感じ悪ぃなって思ったんだけど……俺らのパーティー全員が見てるぜ⁉　なぁ、お前たち！」

「ああ。顔までそっくりだったぜ？」

「まー、一言も喋んなかったし、元気ねぇツラしてたから、お前らしくねぇとは思ったけど……ありゃ似すぎてる」

「うわ～、まじか。あのロイが、噂のアレかよ～」

僕を見たという冒険者たちが顔を見合わせ、揃って青ざめた。

噂のアレって、この前も言われた僕に似てる誰かのことか。

「ロイ、それって……」

「ど、ドッペルゲンガーにゃ……ロイ、会っちゃだめなのにゃ！」

リディとククルルくんは真っ青な顔をして、左右から僕の腕をぎゅっと握る。

『プルルルル』

プラムは『こわわわわ』と震えている。

ドッペルゲンガー。僕とそっくりなもう一人の僕。

もしも本当にドッペルゲンガーがいて、僕がその不思議な存在に出会ってしまったら、ククルルくんが持つ古文書に書いてあるように死んでしまう……？

まさかとは思うけど、僕もスライムなんていう信じられない前世だしなぁ。

迷信だ、ただの噂だ、とは言い難い。

「……なぁロイ、捕縛されてる若旦那の面会に行ったか？」

冒険者の一人が突然そんなことを言う。

「え？　行かないよ。用なんてないし……」

まさかこれもドッペルゲンガーの話じゃ……って、僕に尋ねた冒険者の顔が引きつっている。

え、まさか？

「衛兵の詰め所にロイがいたの……俺見たんだよ～！　街の外で依頼をこなして夜帰ってきたら、詰め所の前でロイがボーッと突っ立ってたんだよ……！　なんか暗い顔してたから、バスチアの薬師親子に理不尽なことをやれって言われたんじゃやって心配したんだけど……それもアレだったのかよ～」

思い出して鳥肌が立ったようで、彼は両腕をさする。

「うん。それ僕じゃないよ。バスチア魔法薬店にはもう関わりたくないもん」

「だよなぁ～。まあ、わけの分かんねぇものには気を付けろよ。じゃあな、ロイ」

「う、うん」

彼らは恐怖からか、げっそりとした顔で、僕の肩を叩いて去っていった。

『プルプル』

「ロイ……」

「にゃ～、ちょっと怖いにゃねぇ」

プラムとリディ、いつも明るいククルルくんも少し怯えている。

「うん……気味が悪いね」

ドッペルゲンガーが目撃されているのは、迷宮内と迷宮周辺、それから衛兵の詰め所。どこも僕が行ったことがあったり、いてもおかしくなかったりする場所だ。

「一体なんなんだろう」

何が目的？　正体は何？　本当にただ似てるだけの無口な子っていう可能性もゼロじゃないけど……？

でも、姿が目撃されてるだけで、盗みとか妙なことはしていなそうなのが救いだ。

「ドッペルゲンガーかぁ」

迷宮内をウロウロしてるっぽいけど、どうか鉢合わせしませんように。怖い！

◆　◆　◆

「あ、『午睡草《ごすいそう》』がある。この前見なかった薬草が増えてるね！」

ここは光属性の薬草、聖鐘草と清白スミレを見つけたあの採取場だ。

僕らが採取したばかりだからか、聖鐘草と清白スミレの数は少し減っているけど、新芽が見えるし、ここの魔素はちょうどよく循環している。しばらくすれば元に戻りそうだ。

「これ、『香衣草《くんいそう》』みたいないい匂いね。ちょっと香りが強いけど」

香衣草は安眠のハーブとして有名なもの。

薬じゃなくて、ドライフラワーにして飾ったり、香り袋にして枕元に置いたりする。

「リディ、それ正解だよ！　この午睡草は香衣草の仲間で、特に眠りに誘う効果が強いんだ。他には鎮痛、沈静作用もあって、いろいろな薬に使われるんだよ」

「へえ～……売れそう？」

「うん！」

いい匂いがする午睡草は、薬の素材としてだけでなく、香料としても人気だ。

「それじゃ、これも採取しましょ！」

「ククルルはそれは採らないにゃ。匂いが強すぎて無理にゃ」

リディは匂いを楽しみながら採取を始め、ククルルくんは顔をしかめ、午睡草が生えていない場所に走っていった。

「じゃあ僕は他の薬草を……」

『プルン！』

何かに気付いたプラムが僕の肩を叩き、にゅっと上を指さした。

「え？　上？　あっ、『麻痺《まひ》グミ』！」

地上にある食べられるグミの実は、楕円形《だえんけい》で赤色をしている。

だけど迷宮にある麻痺グミの実は、紫に近い、暗い赤色だ。形は同じ楕円形で、大きさは僕の親指くらい。よく見る食用のグミよりだいぶ大きい。そして味は渋くて不味い。

「いいの見つけちゃった！　これは採取しなくっちゃ」

新しい攻撃用ポーションに使えそう！　僕の手持ちの攻撃用ポーションは、威力は強いけど対複数の戦闘にはあんまり向いていない。

僕一人で魔物の群れに遭遇した時、役に立つ攻撃手段が欲しいと思っていたところだ。

「『睡眠薬《すいみんやく》』と『麻痺薬《まひやく》』があったら心強いよね？」

眠らせたり麻痺させたりしている間に、僕は遠くに逃げることができる。

リディやプラムと一緒の時なら、戦う二人の援護にもなる。

「よし。プラム、いくつか採ってくれない？」

『ポヨッ』

『まかせて！』と頷くと、プラムは手（？）をにゅっと伸ばし、次々に麻痺グミを採っていく。すごいぞ。

「ありがとう、プラム！　もうこれで十分だよ」

あっという間に両腕は麻痺グミでいっぱいだ。

「――ちゃちゃっと作っちゃお！」

僕は草むらの中にしゃがみ込み、採取したばかりの素材を並べた。

今日は即席だから、簡易的なレシピで作るぞ。

「【睡眠薬】と【麻痺薬】！」

ボソッと唱えると、小さな光が素材を包み、濃い紫色と暗い赤色の薬玉ができた。

「うん、成功だね」

使うかは分からないけど、準備はしておきたい。

『ポヨ？』

プラムは『どれにつめる？』と、薬玉を抱えて首（？）を傾げる。

「ひとまず薬玉のままでいいかな？　小さめの採取袋に入れておこう」

今は空き瓶の用意はないし、それに瓶よりも丸い薬玉のほうが投石紐で投げやすい気がするんだよね。

「瓶かぁ」

古王国時代の軽くて丈夫な瓶を《レシピ解》で見ても、まだ一部しかレシピが分からない。

瓶を作るのは、硝子職人や錬金術師だから、【製薬】スキルしか持っていない僕にはレシピが見えないのかもしれない。

「錬金術師になれたら、投げやすい瓶を自分で作れるのかなぁ」

でも、作れないものは仕方ない。どこかの硝子工房に投げやすい瓶を作ってもらえないか聞いてみよう。まずギュスターヴさんに相談だ。

キラキラポーションが魔法薬師ギルドから横槍を入れられたように、何がどう、冒険者ギルドと自分の足を引っ張るか、僕にはまだ予想しきれない。慎重にいかなきゃね。

それぞれに採取を続け、今日も大量の素材を採ることができた。

午睡草と麻痺グミの他に新しい薬草は見つからなかったけど、ポーションの材料は十分採れたし、『迷宮苺《めいきゅういちご》』やその他の食材もどっさり採れた。リディの収納バッグもパンパンになるくらい！

「これ以上は持ち帰れなそうだね。もう少し採取したかったけど、今日はここまでかなぁ」

『プルル』

プラムも予備の採取袋を担いでくれてるけど、『もうむり』と言っている。

「にゃ。いっぱいにゃらククルルの鞄に入れるにゃ？　そしたらまだ採取できるにゃ？」

「あはは、ありがたいけど重たくて歩けなくなっちゃうよ」

ククルルくんは肩掛けの大きな鞄を持っている。

そういえば……引きずりそうなくらい大きな鞄だけど、よく重くないね？　きっと旅の道具一式が入ってるんだと思うけど……

「んにゃ？　これも収納バッグにゃよ。にゃから重くはにゃいにゃ！　言ってなかったにゃ？　ほらにゃ」

そう言ってククルルくんは鞄の中を開けて見せる。その中は真っ暗。

錬金術で作られた大きな空間がそこに広がっているのだろう。

『プルルル』

「わ、これ魔力がすごい。私のよりたくさん入りそうね」

プラムとリディが鞄の中を覗き込む。

「そうなんだ。ククルルくん、この鞄はどうしたの？　迷宮で見つけたの？　すごいね！」

収納バッグは錬金術で作られたもの。だけど現在、錬金術師は少ない。

そんな錬金術師は、国に関する重要な仕事就いていることが多い。迷宮や錬金術、魔法の研究をしている人もいると聞く。

収納バッグは便利で人気のある魔道具だけど、己の興味が優先である多くの錬金術師は、収納バッグ作りなんていう仕事はまず受けない。

だから収納バッグの出所は迷宮が主だ。

収納バッグを見つけた冒険者は、売るか自分で使うか相当迷うらしい。容量が小さなものでも売れば家一軒分が相場。それがこの大きさ……

見た目が小さくて容量が大きいものもあるけど、大きな鞄のほうが容量を広げやすいんだって。

「この鞄、年季が入っていて、いい色だね」

収納バッグとしても魅力だけど、鞄自体もシンプルなデザインで使いやすそう。

「ロイはお目が高いにゃ。これはククルルの一族に伝わる鞄にゃ！　旅に出るから『か～して！』って言って、持ってきたのにゃ」

「えっ」

「『か～して！』って言って、いいよって言われたの……？　ククルルくん」

僕はまさか……と恐る恐る尋ねる。

「んにゃー……？　借りるよって言ったからいいんにゃにゃい？」

ククルルくんは、こてんと大きく首を傾げてそう言った。

わぁ。ククルルくんの故郷で大騒ぎになってなきゃいいね……

「にゃあにゃあロイ、ククルルの鞄を使っていいから、迷路階層の他に、まだ行ったことにゃいところも探索したいにゃ！」

「行ったことないとこかぁ」

どの辺がいいかな？　僕はこの階層の地図を広げる。

浅層部は、階層ごとに大まかな広さや形が分かっている。どの辺りで何が採取できるか、出現する魔物なんかの情報もある。

この階層は草原になっているところが多くて、探索し尽くされてるけど……

「ねえ、ロイ。こっちの岩山のほうに行ってみない？　なんだか濃い魔素を感じるのよね」

リディが地図の一点を指さして言う。

「濃い魔素？」

「うん。この林の中や、ハズレの魔素溜まりのような感じがするの。何かあるかも……」

「にゃっ⁉　にゃにかって、『古王国のよく分からにゃい古文書』にゃ⁉」

「う～ん、それは分からないけど……新しい素材があるかも？　あ、でも魔物の気配はしないから、たぶん危険はないと思う」

リディは魔素や魔力の感知が得意だ。前にハズレで酔狂山羊《サテュロス》に遭遇した後、同じようにして危険な魔物がいないかを探ってくれた。

『ポヨッポヨッ、ポヨッポヨッ』

「いっきたいにゃ〜、いっきたいにゃ〜」

プラムとククルルくんは手を取り合い、ポヨポヨにゃんたったと踊って歌でねだる。

「あはは、それじゃ行ってみよっか。でも魔素が濃い場所みたいだから油断はしないでおこう」

今は迷宮に、異変が起こり始めているし。


「この辺はあまり薬草が生えないって聞いたから、私も来るの初めて」

「そうなんだ。確かに草が少なくて石が多くなってきたね」

もう少し進み、僕たちはリディが濃い魔素を感じたという岩山周辺に着いた。

この階層ではちょっと異質な雰囲気の場所だ。

草原や林、花畑、水場など、この階層は薬草が採れる場所が多いけど、この岩山の周辺には何もない。せいぜいどこでも採れる日輪草がある程度かな。

だから、ククルルくんのように、『古王国のよく分からない古文書』などの遺物を探すにはいい場所かもしれない。これまで探索した人が少ない、人が近寄らない穴場だもんね。

「あれ？　この日輪草……品質がいいな」

僕は地面に顔を近付ける。魔素が濃くなってるせいかな。

これは思わぬ収穫が期待できるかも！

「にゃー!! みんにゃ〜! 来てにゃ〜!」

突然の大声。岩山の裏側からだ。

「ククルルくん!? どうしたの!」

「ロイ! ここ、穴があるにゃ!!」

ククルルくんが指さす先には、ゴツゴツとした岩に横穴が開いていた。

亀裂が入り、そこが崩れて穴が開いたようだ。

「え……ほんとだ。何これ?」

「洞窟? 岩が崩れたのかしら……」

僕に続いて、リディも穴を覗き込む。

ハズレの崖下にできた、あの亀裂にちょっと似てる……?

あそこも行き止まりだったはずの岩壁に、こんなふうにいつの間にか穴が開いていた。

『ポヨ! プルルン』

プラムが前に出て首(?)を横に振った。そして腕(?)を伸ばして僕らを制すると、『ぼくがみてくる』と横穴と自分を指(?)さし言った。

岩の大きさからして、迷ったり戻れなくなったりするほど深い洞窟ではなさそうだ。もしかしたら中に珍しい素材があるかもしれないし、僕も中が気になるけど……

「うん。じゃあプラムにお願いするね。でも片手は僕と繋いだまま、体を伸ばして中を覗いてみてくれる? できそうかな?」

『プルン！』

プラムは『できる！』と大きく頷くと、ワクワクを抑えきれないククルルくんの視線を受けながら、ぐいーんと体を伸ばして、横穴の中に体を突っ込んだ。

『ポヨッ？　プル……プルン！』

プラムが僕を振り返り、手（？）で丸を作って頷いている。危険はないみたい？

「ロイ。ここ、危険なほどの魔素は感じないけど、何か魔法が掛かっているような、不思議な感じがする」

リディの耳がぴくぴく揺れている。魔法に優れたハーフエルフの勘かな。

「くんくん、くんくん。ククルルは楽しそうな感じがするにゃ！　危にゃいことはきっとないにゃ！　ククルル、これまでの一人旅で危ない目に遭ったことはないのにゃ」

ええ？　この前、衛兵さんに捕まってたけど、あれはククルルくん的には危ない目じゃないんだ。

『ポヨ？』

プラムからは恐れではなく、ワクワク期待する気持ちが伝わってきた。

中にいるプラムが危険を感じていないなら……

「うん。行ってみよう！」

僕たちは穴に入ってみることにした。

先頭はプラム、次にリディ、ククルルくん、最後が僕。

本当は僕が前を歩きたかったけど、万が一、魔物に遭遇した時のことを考えて、リディが前。

僕はククルくんが暴走しないよう、後ろで見守る役目だ。

「薄暗いなあ」

低い天井と両側の壁は、ゴツゴツとした岩肌、足下には石がゴロゴロしている。頭をぶつけたり躓《つまず》いたりしそうでちょっと怖い。

「天灯《ランタン》を点けましょ。魔素が濃いと思ったんだけど……おかしなところね」

確かにそうだ。迷宮は魔素が濃い場所ほど明るいんだけど……不思議だなあ。

リディがポーチから天灯《ランタン》を出し浮かべる。灯りが点いたその時——

『プルンッ！』

「あっ⁉」

「んにゃっ⁉」

「えっ、どうした……うぁっ！」

僕らの足下が、突然なくなった。

落ちる！　そう思い身構えた瞬間、フワッと体が包まれる感覚がして、そして——

ストン。足が地面についた。

「え？　落ち……なかった？」

『プルルル！』

「プラム！　よかった、無事だね」

先頭を歩いていたプラムは僕に飛びつき『ごめんね、ごめんね』と謝る。

自分が異変に気付けなかったせいだと思っているのだろう。そんなことないのに。

迷宮で起こる不思議なことはどうしようもないんだから。

「んにゃ〜、びっくりしたにゃ」

ククルルくんは手をペロペロ舐めている。

……猫って毛繕《けづくろ》いで気持ちを落ち着かせることがあるって、ギュスターヴさんが言ってたなぁ。

「ロイ！」

「あっ、リディ！　大丈夫？」

「うん。みんなも大丈夫そうね。ちょっと待って、今、灯りを点ける」

再び天灯《ランタン》がともった。そして目に飛び込んできた光景に、僕らは揃って「えっ」と言った。

灯りが照らし出していたのは、高い天井と石組みの壁、石の床。ここ、岩山じゃない、違う場所!?

「どこ!?　通路!?」

横幅は僕らが一列で並べる程度。前後には、同じ空間が一直線に続いている。

どう見ても迷宮城内の通路だ。

「魔素が薄い……ここはどこ!?」

リディが周囲を窺う。魔素が薄いって、やっぱり別の場所ってこと？

僕はプラムを抱き、リディと背中を合わせて周囲を警戒した。

ククルルくんは僕らの足の間にいる。

それにしたって、僕は馬鹿だ。何が潜んでいてもおかしくないのに、思わず大きな声を出しちゃった。

あ、リディも苦い顔だ。きっと同じように思ったんだろうなぁ。剣を抜いてるし。

『プルプル……プル？』

「……にゃっ？　くんくん、くんくん」

プラムが僕の腕からピョーンと飛び出し、周囲の壁を触り出した。ククルルくんも、足の間から出てきて、しきりに匂いを嗅いでいる。

「プラム、どうしたの？　危ないよ」

「ククルルくん、危険かもしれないから戻って！」

僕とリディはそれぞれ声を掛ける。

「くん……ンにゃ！　やっぱりにゃ！　ロイ、リディ、ここ迷路階層にゃよ!!　ククルル地図持ってるにゃ！」

迷路階層!?

僕とリディは予想外の言葉に目を丸くして、そして顔を見合わせた。

だって迷路階層はさっきいたところの上の階だよね？

「あ……で、でも、この通路は確かにそれっぽい？」

「そうね……？　言われてみれば魔素の感じも迷路階層に似てるけど……」

どういうこと？　地面がなくなって落ちたと思ったのに、なんで上の階にいるの!?

僕らはあの草原階層から、迷路階層に転移した？

「転移なんて……たまにそういうことがあるとは聞くけど、もっと深い階層での話じゃないの？」

少なくとも僕が聞いたことあるのは中層部後半の階層からだ。

『プルン！　プルル』

『あっち！　なにかあるよ』とプラムがそう言って、ポヨン、ポヨン、と指（？）さした方向に進んでいってしまう。

「待って、プラム！」

「ククルルも行くにゃ～、にゃんたった～！」

「えっ、みんな待って！　私も行く！」

僕は慌ててプラムとククルルくんを追いかけ、リディも続く。

ああもう、何がなんだか分からない。

プラムは何かを感じているようだし、ククルルくんは、この前も行った迷路階層だと確信してるみたい。僕やリディにはない、魔物とケットシー特有の嗅覚なの!?

「二人とも、待ってってば～！」

僕は追いかけながら、ふと隣を走るリディを見た。眉を寄せ、ちょっと不安そうな顔をしている。当然だ。

落下したり、迷宮で新エリアを見つけたりと、僕には似たような経験がある。それに迷宮都市育ちだし、前世がスライムだったせいか、迷宮で起こる不思議なことをすんなり受け入れられる。

でもリディは違う。ずっと自分の部屋に閉じ込められていたんだもん。迷宮のことなんて、まだそんなに知らないだろうし、僕みたいな経験もない。怖くて不安なはずだ。

「大丈夫だよ、リディ。みんな一緒だから」

僕はリディの手を取って、そのまま通路を走っていった。

しばらく走ると、角を曲がるククルルくんの尻尾が見えた。よし、追いついたぞ！

ホッとして角を曲がると、その先から「にゃー！」とククルルくんの大きな声が聞こえてきた。

「ククルルくん！　どうしたの⁉」

「ロイ！　こ、小部屋にゃ……！　ここ、地図では行き止まりにゃのに！　この部屋は宝箱かもしれにゃいにゃ‼」

ククルルくんが指さす地図を覗き込む。どうやらここは迷路階層の奥にある突き当たりのよう。

だが、行き止まりであるはずのこの場所に、アーチ状に口を開けた部屋がある。

「宝箱か……あり得る」

「宝箱っていろいろな形をしてるっていうけど……部屋が丸ごと出てくるなんて、そんなことあるの？」

リディが繋いだ手をキュッと強く握る。やっぱり不安そうだ。

僕は手を握り返して、笑顔で答える。

「なくはないと思うよ。記録されてる宝箱には、掌サイズの小箱から大きな本棚まであるからね」

『プルン！』

『かべをみて！』プラムにそう言われ、僕は壁を見た。上のほうにプレートがある。

「あっ、古文字が刻まれてる！」

「にゃんにゃって⁉　ククルル見えにゃい！　ロイ、読んで！　文字を知りたいにゃ！」

「うん」

僕はポーチから紙と木炭を取り出すと、背伸びで古文字が刻まれたプレートの上に紙をあて、木炭でこすって写し取る。ハズレでやったのと同じ方法だ。

——あ、そういえばあの時の古文字って、なんて書いてあったんだろう？

あの時点では、まだ前世を思い出してなかったから、古文字は読めなかったんだよね。帰ったら写した紙を見てみよう。

「よし。できたよ、ククルルくん！　関係者以外立入禁止……実験……場？　かな？」

「見して！　んにゃー……かんけい、しゃ……きんし……読める、読めるにゃ！　ベアトおねーさんに教わった成果が出てるにゃ！　やった、やったにゃ〜！」

ククルルくんはクルクル回り、尻尾を立てて踊り出す。

プラムも真似をして僕の足下で踊っていて可愛い。

「それでは、部屋を探索にゃっ」

『プルン！』

ククルルくんとプラムは乗り気で部屋の中へ。僕も気になるけど……

「リディ」

リディに手を差し出す。照れくさいけど、手を繋ぐと少しは不安が和らぐでしょ？

「うん」

そっと指先を掴まれた。さっきは勢いで手を繋いだリディも、今度はちょっと恥ずかしそうだ。耳先がちょっぴり赤い。

……僕も耳が赤くなりそう。

部屋の中はそれほど広くなく、ガランとしていた。家具も箱も何もない。壁にはカーテンが掛かってるけど、窓なんてあるわけない。迷宮だもん。

「あっ」

床に二枚の紙が落ちていることに気が付いた。ドキドキしながら拾ってみると……

「古文字だ」

「やった、やった！　『古王国のよく分からにゃい古文書』にゃ！　ロイ、にゃんて書いてあるにゃ？」

ワクワクと覗き込むククルルくんに促されるまま、僕は文字に目を落とす。

あ、この古文書……こっちのもだ。同じところに穴が開いてる。元はファイルか紐で綴《と》じられてたのかな。

「えっとね、『失敗作の破棄について』ってタイトルで……破棄した数と、失敗作にはどんな欠陥があったのか……が書いてある」

――失敗作？　実験？

ズキリ。なんだか頭が痛い。先を読みたいような読みたくないような、不思議な気持ちだ。

「あとは？　こっちはにゃんて？」

「こっちは……『実験番号二十八の経過観察について報告』うーん……インクが滲んじゃっててよく読めないなあ……『破棄したホムンクルス』…………えっ。ホムンクルス!?」

それってお伽噺じゃなかったの……!?

「にゃにそれ？」

「錬金術で作る人工生命体のことだよ。でもあんまり知られてない、お伽噺みたいなもので、ホムンクルスの錬成は成功してないって言われてるけど……」

昔、錬金術に興味を持っていた僕に、バスチア魔法薬店の先代さんが古い本を見せてくれたことがある。

小さな瓶の中でしか生きられないホムンクルスと、それを生み出した錬金術師の話だった。レシピも書いてあったけど……ちょっと胡散臭《うさんくさ》いなあって印象だった。

「んにゃ〜。にゃんとも『古王国のよく分からにゃい古文書』っぽいにゃ〜！」

ククルルくんは喜んでいるが、僕の隣から覗き込むリディは神妙な顔つきだ。

「古王国のことは言い伝えばかりでよく分からないけど……でもこれ『関係者以外立入禁止』『実験場』って書いてあるのよね？」

「うん」

しかも、もう一枚の古文書は『失敗作の破棄について』だ。

僕らは顔を見合わせる。

「ここって、ホムンクルスの実験場……？」

「失敗作を破棄する場所だったりして……」

僕の言葉にリディはブルッと肩を震わせ、青ざめた顔で部屋を見回す。

うん。僕もちょっと背筋が寒くなってきちゃった。やっぱり頭痛もするし、この古文書を見てるとソワソワするような、落ち着かない気持ちになる。

ハズレの塔で前世の記憶を思い出す前みたいだ。僕、もしかしてここのことも知ってるの？

あの管理人たちが錬金術師だったなら、彼らが話していたのかもしれない？

「ロイ、その古文書ククルルが持っててもいい？　ギルドには古文書はみんにゃで見つけたってちゃーんと報告するから安心してにゃ！」

「うん。僕はいいよ。リディもいい？」

「ええ。ククルルくんが欲しかったものだもの」

「やったにゃ！　にゃっにゃっにゃっ。これがいい古文書にゃったらご褒美がもらえるもんにゃ。山分けしようにゃ！」

『ポヨ？　ポヨ、プルル？』

ん？　プラムは『ククルルくん、こもんじょをてばなすの？』と不思議に思っているようだ。

「大丈夫だよ。よっぽど重要な古文書じゃない限り、欲しいって言えば返してもらえるんだ。もちろん売ることもできるみたいだけど」

僕はプラムにそう教えてあげる。

古文書や見慣れぬ魔道具を発見したら、『こんなものがありました』ってギルドに報告すると、褒賞が出る場合がある。研究者さんたちの役に立つ情報が得られることがあるからね。

「ククルルは返してもらうんにゃ！　集めるのが好きにゃから〜！」

るんたったと踊りながらククルルくんは部屋を見て回る。

「ふふっ、嬉しそうね。でも他にはもう何もなさそうね？」

「そうだね。でも古文書を二枚も見つけちゃうなんてすごい宝箱だよ、ここ」

あ、ククルルくん、カーテンの中に入っちゃった。ホコリまみれになってなきゃいいけど……

「にゃっ!!」

またもやククルルくんが声を上げた。今度はどうしたんだ!?

「ククルルくん!?」

「ここ、扉があるにゃっ！」

床まで届くカーテンをシャッと開けると、そこには黒い大きな扉が。

ドクン。僕の心臓が大きく鳴った。

「この扉……」

「塔の扉に似てるわ……あっ、あれ、魔力で開ける鍵じゃない？」

気付いたリディが扉を調べ始めた。

僕は立ち尽くしたまま。

ぼくらがいた塔の扉と大きさは違うけど、色も感じもよく似ている。同じ古王国のものだからかもしれないけど、あの黒い扉にいい思い出のない僕は、少し怯んでしまう。

「ロイ、私が一番魔力に余裕があると思うから、解錠してみる」

「うん」

ここを開けて、またスライムがたくさんいたらどうしよう？　僕はプラムを抱きしめ、ドキドキと嫌な音を立てる心臓をなんとか抑え込む。

「あ、だめね。開かない。魔力が通る感覚はするんだけど……」

「んにゃー、じゃあククルルがやってみるにゃ！　……あ、だめにゃ。ロイ、やってみてくれにゃい？」

ククルルくんの言葉に、僕の肩がギクリと揺れた。

「ロイ……？」

「んにゃ？　にゃんか調子わるいにゃ？」

「ううん、大丈夫。やってみるよ」

笑顔を作ってリディとククルルくんに向ける。

大丈夫。大丈夫だ。ここは塔じゃない。これは僕が閉じ込められていた扉じゃない。

『プル？　プルル』

「心配いらないよ、プラム。もしかしたら永久薬草壁があったりするかもしれないし」

そんな強がりと希望を言い、僕はプラムを肩に乗せ、鍵に魔力を通す。

すると——ガチャン。鍵が開き、ゆっくりと扉が開く。

「やったにゃっ！」

そう言うや否や、スルルッ！　待ちきれなかったククルルくんが、僅かに開いた扉の隙間から中へ潜り込む。

「待って！　ククルルく……」

「ぎにゃー!!」

ククルルくんのとんでもない叫び声がして、僕らも急いで扉の中へ飛び込もうとしたが……ククルルくんに大声で止められた。

「だめにゃ!!　ロイは来ちゃいけないにゃ！」

「えっ!?　ぶふっ！」

ククルルくんが顔に飛びついてきた。えっ、一体なんなの!?

「ロイは見ちゃだめにゃ！　プラム目を塞ぐにゃ！」

『プッ、プルルッ!?』

ぺとん、とプラムの手（？）が僕の両目を覆う……けど、プラムは半透明だから見えちゃうんだよね？　あ、でも中は薄暗くてよく見えない。

——ん？　何か動くものがいる？

「何があったの？　ククルルくん……えっ」

リディが後ろから覗き込み、浮遊する天灯《ランタン》が扉の中を照らした。

「あっちへ行くにゃ！　ドッペルゲンガー！」

ククルルくんは僕を足場にして前へ飛ぶと、ブワッと毛を逆立てて、フーッと威嚇《いかく》しながらそう言った。

「ど、ドッペルゲンガー!?」

ペタ、ペタ。妙な足音が聞こえ、薄闇の中から僕とそっくりなドッペルゲンガーが姿を現した。

「わ」

「嘘、ロイとそっくり……！」

『プルルルル』

「んにゃ!?　にゃんでロイ、見ちゃったにゃ!?　死んじゃうにゃ！」

驚くリディ。僕の目を覆うけど『かくせてない！』と焦るプラム。

ククルルくんは、背中を丸め、とっとっ、と不思議なステップを踏みドッペルゲンガーを睨む。

「本当にそっくりだ……」

息を呑み、そんな言葉が漏れた。これが僕のドッペルゲンガー。

迷宮や街中で目撃されていた、もう一人の僕。

ドッペルゲンガーは無言で僕の前に立ち、じっとこちらを見つめている。

少し跳ねてる青い髪。翠《みどり》の瞳。身長も同じくらい。服装も同じだ。シャツにベストに――あれ？

「冒険者の腕輪、君は右腕につけてるんだね」

『……？』

首を傾げる僕のそっくりさんは、そっくりだけど少し違う。

髪と瞳、服の色が僕より暗い。シャツが前のヨレヨレのやつだ。今日の僕はギュスターヴさんからもらった、ダブダブのお下がりを着てる。

あとドッペルゲンガーはリュックを背負っていない。

「なんだか鏡映しのようね」

リディが呟く。

確かにそうだ。腕輪がついてる腕が左右逆。よく見ると髪の長い部分も逆。あ、ナイフも逆だ。

向かい合う僕らは、本当に鏡映しのよう。

「君は何？　どうして僕の姿をしてるの？」

『……』

首を傾けて、ドッペルゲンガーはそっと僕に向かって手を伸ばす。

――ぺと。僕の手を握った。

「え？」

あれ？　ひんやりとしていて少し柔らかいこの感触……

そう思った瞬間。向かい合ったドッペルゲンガーがゆらゆら揺らめき、その輪郭が崩れて――ぷるん。

「スライム！」

『ぷる、ぷるる』

目の前で僕を見上げているそれは、プラムよりも大きいスライムだ。

僕の腰くらいまであるかな？

色は銀色っぽい？　なんだかしゃぼん玉みたいだなぁ。虹色の油膜のようなものが、体の表面で揺れ動いてて……ん？　最近そういうの、見たような………

「……あっ！　君、ハズレにいた子じゃない!?」

『ぷるん！』

スライムは大きく頷くと、床にべたぁっと広がってみせた。

この子、この前ハズレで会った、水たまりに見えたあのスライムだ！

「ふにゃ……ドッペルゲンガーじゃにゃかったにゃ？　そんじゃロイ、死にゃにゃい？」

「スライムがロイに擬態してたってこと……？」

ククルルくんとリディが僕の肩から怖々顔を出した。

ククルルくんはそーっと首を伸ばし、水たまり状態になったスライムを上から覗く。

「にゃ。ククルルが映ってるにゃ」

ククルルくんは地面に下りて、スライムをツンツンつつく。

怒らせなきゃいいけど……と思って見ていたら、表面がゆらゆら揺れ、にゅん！　と、ククルルくんの前に、もう一人のククルルくんが立ち上がった。

「うにゃー！　にゃんにゃー!?」

姿を写し取った！

これがドッペルゲンガーの能力か……！

「うにゃー！」

怖がるククルルくんが僕の足にギュッと抱きつく。

「痛っ!?　ククルルくん、爪！　出てる出てる！」

「だってククルルがもう一人いるにゃ！」

慌てたククルルくんは、まだ僕の足にしがみついている。爪が刺さって痛い……！

ぺと、ぺと、ぺとん。ククルルくんのドッペルゲンガーが、怯えるククルルくんに近付き、両頬を掴んで正面から目を合わせた。

すると、ククルルくんそっくりだった姿が揺らめき、元のスライムの姿に戻った。

「あにゃ？　ククルルもロイも死にゃにゃい？」

『ぽよん』

ドッペルゲンガーから戻ったスライムがゆっくりと頷く。

「……そっか。君は体に映り込んだものに擬態できるんだね？」

だから僕そっくりだったけど、全てが左右逆だったたんだ。

「元に戻るには、目を合わせるのが条件とかかな？」

『ぽよん！』

もう一度頷く。

この子、プラムよりも体が大きいからか、ちょっと動きがゆったりなんだな。可愛いなあ。

『ぽよよ』

ぺと。ドッペルゲンガーが僕の手をぐいぐい引っ張り始めた。ん？　なんだろう。

「プラム、なんて言ってるか分かる？」

『いっしょにいっていい？　だって』とプラムから言葉が伝わってくる。

「一緒に……？　あ、もしかして君、僕を追いかけてハズレからついてきちゃったの⁉」

スライムは『ぽよん』と大きく頷く。

「うーん……ちょっと聞いてもいい？　どうして僕の姿で街や迷宮をウロウロしてたの？」

この子はどういうつもりで僕を追いかけてきたんだろう。街に興味があったとか、ハズレじゃない迷宮に行きたかったとか？

僕の姿で悪さをしてた様子はないけど、もし危険な子だったら、僕はこの子をハズレに帰さなきゃいけない。

『ぽよん。ぽよぽよ、ぷよん』

大きなスライムが、小さなプラムに耳打ちするように揺れ動く。何か話してるみたいだ。

『さがしてた。あなたのまりょくをかんじるとこにいった。だって、なかま』

プラムが僕を見上げ、そんな言葉を伝えてくれた。

仲間？　仲間が欲しかったってこと？

「君、僕に会いたくて探してたの……？」

『ぽよん』

僕はしゃがみ込み、頷くスライムの表面をそっと撫でる。すると、ふるるスライムが震え、僕にすり寄った。

『ずーっとひとりだったの。はなしかけてくれたのは、あなたがはじめて』

「そっか。寂しかったね」

『うん。さみしかったし、つまらなかった。なかまといっしょにいたい』

今度はプラムの通訳なしで言葉が分かった。このスライムの寂しい気持ちも伝わってきている。

《以心伝心》のおかげか……じゃあ、僕も心を決めよう。

「うん。じゃあ僕のとこにおいで？　友達になろう」

改めて手を差し出すと、スライムは僕の掌に『ぺとん』とその手（？）を乗せた。

僕とこの子の間に、何かじんわりとした温かいものが通った気がする。きっとこれが従魔契約。

僕のスキル【友誼】が発動したのだろう。

『ありがとう！　ひさしぶりのともだち』

『ロイ、このこドッペルスライムっていうんだって』

プラムが新しい仲間の紹介をしてくれる。

「ドッペルスライム？　初めて聞くスライムだ。僕はロイ。よろしくね。えっと……名前はあるの？」

『ぷる』

首（？）を横に振るってことは名前はないのかぁ。

「それじゃあ友達になった記念に、僕が名前をプレゼントしてもいい？　何がいいかな……」

『ぷるん！　ぷる、ぷるるる』

ドッペルスライムは大きく頷き、そして『おなじ、ロイがいい』と言った。

「えっ、僕と同じ名前？　それは不便だから……ロイ……ドッペル……ロッペル？　ちょっと言いにくいかな。えーっと……ロペル、ロペルはどう？」

この子が希望した、ロイの『ロ』と、種族名の『ドッペル』をくっつけた名前だ。可愛いと思うんだけど……気に入るかな？

『ぷるる……ぷるる。ぷるるん！』

ドッペルスライムは、ぴょこん！　と飛び跳ねて頷く。

「気に入った？　じゃあ君はロペル！　よろしくね」

『ぷるん！』

「……あの、ロイ？　どうなったの？」

「ドッペルゲンガーはスライムにゃ？　怖くにゃい？」

リディとククルルくんが遠慮がちに聞いてくる。

「ふふ。怖くないよ、この子はドッペルスライム！　擬態できる能力があるみたい。ククルルくんの古文書に載っていたような、怖い存在じゃないと思う。僕、この子と友達になったんだ。プラムもね。名前はロペルだよ」

そう言うと、プラムは自分よりも大きなドッペルスライムの手（?）を引いて、リディとククルルくんに紹介してあげている。

ぺこん、と二人揃って頭（？）を下げる仕草はとっても可愛い。

「脅《おど》かしてごめんね、だって。特にククルルくんにごめんねって」

僕はロペルの言葉を要約して伝える。

「あにゃ。いいのにゃ～。ククルルも叫んじゃってごめんにゃ」

ぽよん、ぷにっ。柔らかなロペルとククルルくんの手が重なる。うん、友達になれそうだね。

「ロイの友達なら私も友達。リディよ。よろしくね」

リディは膝をつき、ロペルと目線を……目はないんだけど、なんとなく合わせるようにして握手をする。

心なしかロペルの表面に見える虹色が増えたような？　ふふ、嬉しそうな気持ちが伝わってきて、僕まで胸が温かい。

【友誼】はいいスキルだなあ。

それから僕らは一応、黒い扉の中と、最初の部屋を見て回った。

「にゃー、もうここには何もにゃさそうにゃね」

「あはは、古文書が二枚も手に入ったんだもん。これ以上あったら怖いよ」

僕はちょっと残念そうなククルルくんに笑って言う。

「そうよ。ドッペルスライムなんて珍しい子にも会えちゃったんだし。ロイは帰ったら、ドッペルゲンガーの噂の真相を話さなきゃね。みんなも怖がってただろうし」

『ぷる……』

『ごめんね』とロペルがしょぼくれて、リディは慌てて「でも面白い特技よ！　見せてあげたらみんなも喜ぶかも！」とフォローしていた。

「それじゃ、帰ろっか。ちょっとゆっくりしすぎちゃったね」

「にゃー……岩の中で落っこちた時はどうにゃるかと思ったけど、この迷路階層に飛ばされただけで、よかったにゃ～」

本当にそう思う。もしも中層部や深層部に飛ばされてたら、想像するだけでもゾッとする。

二度と迷宮から出られなかっただろう。

「ククルルくん、地図を出してくれる？」

「はいにゃ～！」

この部屋を出たら、あとは地図に沿って戻るだけ。さぁ行こう……とそう思ったところで、リディが腕で僕らを制止した。

「ちょっと待って。さっき通ってきた通路に強い魔力を感じるの」

「え、魔物？」

「人だと思うけど……なんだか大人数のような？」

「迷路に大人数は珍しいにゃ。にゃにかあったのかにゃー」

ここはそれほど旨みのある階層じゃない。大人数で、強い魔力の持ち主までいるなんてちょっと変だ。

『ポヨッ』

「あ、プラムが覗いてみてくれるって。気を付けてね、プラム」

『プルン！』

『うしろにさがってて』プラムにそう言われた僕は頷く。

リディは剣を抜き、ククルルくんは子猫パンチの準備。ロペルは一番後ろで揺れている。

この先にいるのが変な集団じゃなきゃいいんだけど。

プラムがそーっと覗く。すると通路の向こうから「あっ」という声が聞こえた。

「プラム君！　ロイ君もいるか!?」

「えっ？　アルベール様？」

プラムの上から僕も顔を覗かせた。あっ、アルベール様だけじゃない。紅いマントの集団が見える。イグニスの人たちだ！　でもなんで!?

「ロイ」

振り向くと、リディが顔を強ばらせていた。そうだ、リディはアルベール様に会いたくないんだ。

どうしよう……

『ぽよん。ぽよぷるる？』

「え？　ロペルがなんとかしてくれるの？　リディ、お願いしてみてもいい？」

「う、うん。あの方と顔を合わせないで済むなら、なんでもいいわ」

僕はロペルにリディを託し、ひとまず状況確認と時間稼ぎをしようと飛び出した。

「ロイ君、よかった無事か。プラム君も。他に同行者は？」

「あ、後ろにいます。あの、アルベール様、これは一体……？　無事かって、何かあったんですか？」

そう言ったら、アルベール様にシメオンさん、他の団員さんも揃って変な顔をした。

「何を言ってるんだ！　君たちが三日も帰らないから、みんな心配していたんだぞ？」

「えぇっ!?　三日!?　なんでっ？　僕たちちゃんと夕方には帰るつもりでしたよ!?」

三日ってなんの冗談!?　いやでも、イグニスの面々がここにいるってことは、もしかして捜索してくれてた？

「僕ら、本当に……？」

「ロイ君。私たちは迷路階層の魔素がおかしいと聞き、深層部に行く途中で立ち寄ったのですよ。君たちの捜索もしていたのですが……探索中、何か変わったことはありませんでしたか？」

あった。めちゃくちゃあった。

「シメオンさん。実は僕たち草原階層で採取をしてて、岩山の横穴に入ってみたら、ここに飛ばされちゃったんです」

「それですね。はぁ……三日、時間が飛ぶ程度で済んでよかったです。過去には何十年も飛ばされたという記録もあるんですよ」

『プルル……』

「本当ですか……」

プラムと一緒に震えた。

僕たち、本当に運がよかったみたいだね。

「さて。では俺たちは君たちが出てきた部屋を調べさせてもらおう。ロイ君たちは団員に送らせる。他のメンバーは？」

「えっと……」

リディは大丈夫かな？　そっと後ろを振り向くと、ククルルくんがとっとこ出てきた。

「あにゃ。アルベールおにーさんたちにゃ。出てきて平気にゃよ」

そう促されて出てきたリディは俯き……あれ⁉

猫耳が生えてる！　リディじゃない⁉

僕は驚き、目を見開いた。

服装はリディだけど、ポニーテールをほどいた髪はククルルくんのような灰色で、頭には三角の耳が生えている。

ん？　ロペルがいない……あれ？　でも『リディをかくしたよ』と言葉が伝わってきた。

隠したよ？　それって、このリディ？　のこと？

僕は猫耳のリディをじっと見つめる。すると一瞬、その髪が虹色に揺らめいた。

ロペルだ！　え、どういうこと？

「あっ、部屋が！　ま、待て！」

突然シメオンさんが声を上げた。何事かと振り向くと、僕らの目の前で部屋が消えた。

たった今、僕とプラム、ククルルくんやリディが出てきたばかりの部屋がだ。

「こわにゃ！　ククルルも消えるとこにゃったにゃ⁉」

「アルベール様、これって……」

「さあなぁ。俺はこういうのは専門じゃないから分からないが、用は済んだということだろう。迷宮ではたまにこういうことがある」

僕の問い掛けに、アルベール様はそんなふうに答えた。

……用は済んだ？

「迷宮が縁《えん》を求め、会いに来ることがあるんですよ。迷宮に呼ばれるとも言いますけど……はぁ。部屋を調べたかった……」

シメオンさんはひどく残念がり、部屋の中がどんなふうになっていたのか、後日詳しく教えてくれと頼みこんできた。それと転移元になった草原階層の、岩山の場所も聞かれた。これから団員さんを調査に向かわせるって。

迷宮の謎を調査することもイグニスの活動目的だもんね。お話しします！

「ところで、その猫獣人の子は大丈夫か？　ずっと俯いたままだが、体調を崩しているのでは？」

ピクッとリディの猫耳が揺れ、下がった尻尾もゆらゆら揺れている。あ、尻尾の飾りがククルルくんと同じだ。

「大丈夫ですよ、僕がキラキラポーションを持ってるし、たくさん歩いたからお腹が空いただけです。ね、そうだよね？」

猫耳のリディは顔を上げないまま何度も頷く。

「それならいいが……うん。では気を付けて帰るように。ギルドでギュスターヴ殿が待ってるぞ」

「心配してましたよ、ギュスターヴさん」

アルベール様とシメオンさんにそんな言葉で送られ、僕たちは数人の団員さんに付き添われ迷宮城から出た。

イグニスの団員さんと一緒の帰り道は、探索の話を聞いたり、遭遇した魔物を一撃で倒すところを見せてもらったり、まるでアトラクションのようで楽しかった。

「ところで……リディ？　なんだよね？」

イグニスの冒険者さんたちと別れ、僕たちはひとまずギルドへ行こうと、迷宮城前広場までやってきた。

「うん。私よ。あの……この姿、ちょっと恥ずかしいから隅っこに行ってもいい？」

広場の隅には、今は畳まれた屋台がある。ちょうどいい、あの陰に行こう。

「ロペル？　この姿を解除してくれる？」

リディがそう言うと、リディの髪と尻尾が虹色に揺らめき、分離するようにしてククルルくんのそっくりさんが現れた。

……ロペルだよね？

それと同時に、リディの髪が金色に戻り、猫耳と尻尾も消えてなくなった。

そして、ククルルくんになったロペルは、ククルルくんと目を合わせその擬態を解いた。

『ぽよん！』

「ロペル、どうなってたのこれ⁉」

『プルン！』

プラムも興味津々で、照れくさそうなロペルに『どうやったの？』『ぼくもできる？』『おしえておしえて』と言っている。

『あのね――』

ロペルの説明では、こういうことらしい。

あの時、ロペルはまずククルルくんの姿を写し取った。

そしてリディの頭に覆い被さるように張り付き、ククルルくんの猫耳と尻尾を残し、髪には毛の色だけを乗せて透明になったのだという。

「ロペルってば、あっという間に私を猫獣人に変装させてくれたの！」

「にゃ～、リディとお揃いのお耳、嬉しかったのにゃ！　またお揃いになってほしいにゃ～」

ククルルくんはリディを見上げ、残念がっている。

「すごいや、ドッペルスライムってそんなこともできるんだね！」

『ぷるぷる、ぽよよ』

『はじめてやってみたよ』と、ロペルから照れくさそうな、そんな声が聞こえた。

「それにしても、今回の探索は疲れたね。でも……」

「ロイと一緒だと本当にいろいろあるわ。でも……」

「楽しかったけどにゃあ～。でも……」

「「「お腹空いた（にゃ）!!」」」


僕とリディ、ククルルくんの声が重なった。

「私たちの感覚だと、そろそろ夕食の時間よね？　まだ明るくて変な感じ」

迷宮城前広場の時計台を見上げると、時刻は三時。

リディの言う通り、僕たちの感覚では今は夕方六時すぎくらい。早朝から迷宮城に潜っていたのでお腹が空いて当然だ。

だけど街は、ランチが終わって一段落ついた頃。

オヤツ休憩をする職人さんの姿や、カフェで一服する紳士淑女《しんししゅくじょ》の姿も見える。

「アルベール様たちが嘘を吐いているとは思っていなかったけど……やっぱり時間はズレてるみたいだね」

僕はそんな街の様子を見つめて呟いた。

そして、冒険者ギルドに着き、僕たちは本当に三日も経っていたのだと思い知らされた。

「ロイくん!?　ギルド長～！　ロイくん帰ってきました～！」

目が合った途端、エリサさんに大声で呼ばれて、ギルドの奥からモーリスさんが飛んできた。

ちょうど暇な時間帯だからかギルドの職員さんだけでなく、食堂の料理人さんや、魔物解体の職人さんたちまで集まってきた。

「迷ったのか？」「魔物にやられたかと思ったぞ！」「怪我はない？」など、あちこちから尋ねられ、リディは目を瞬き、ククルルくんはもみくちゃにされてなんでか楽しそうだ。

あ、プラムとロペルは、する〜っと人の輪を抜け出し、隅っこでポヨポヨぷよぷよ会話をしている。

「ロイ！　お前どこにいたんだ！　無事か？」

「ギュスターヴさん！　わっ、無事です！」

階段を駆け下りてきたギュスターヴさんに持ち上げられ、まじまじと顔を見られた。

「怪我もしてないし、やつれてもないでしょ？　ていうか僕たち三日も経ってるなんて知らなかったんだよ」

「あ？」

そこから僕は、事の顛末《てんまつ》をざっくり話した。アルベール様たちに会うまで、本当に三日も経っていたとは知らなかったのだとも。

「はぁ……まあ、無事ならいい。ロイもククルルくんも、それからリディも。無事で本当によかった」

ギュスターヴさんは僕の頬にぺちぺち触れて、ククルルくんとリディの頭をポンと撫でて労った。

「ところで、ロイくん？　あそこでプラムくんと一緒にいる子は誰なの〜？」

エリサさんがホールの隅を指さした。あ、ロペルを紹介しなくっちゃ！

「新しい僕の友達！　ドッペルスライムのロペルです！」

ドッペルスライムなんて聞いたことないだろうけど、受け入れてもらえるかな。危険な子じゃないんだけど……

「ドッペルスライム？　友達って、またスライムをテイムしたの〜？　なら登録しなくっちゃ。ね、ギルド長」

「ああ。しかし、ドッペルスライム……？　お前そっくりのドッペルゲンガー絡みか？　ロイ」

スッとギュスターヴさんの目が細められ、そうだった、と僕は思い出した。

僕のそっくりさん、ドッペルゲンガー騒動についても説明しなきゃいけないんだった。

「そうです……えへ」

いっぱい人が集まってるしちょうどいい。

僕はギュスターヴさんだけでなく、みんなにロペルの能力と、ロペルが僕のドッペルゲンガーだったこと、害はないことを説明した。

「ったく、お前は話題が尽きねぇなあ。ドッペルスライムなんて聞いたことねぇぞ？　新種か……生き残りか？」

生き残り。それって古王国時代の……ってことだよね。ギュスターヴさんはそんな存在がいると思っているのか、それとも何か知っているのか……？

僕はチラリとプラムを見る。プラムはたぶん製薬スライムだ。

でもさすがに古王国時代からずーっと生きてるってことはないと思うから、古王国時代にいた製薬スライムの子孫なんじゃないかなって思う。

ロペルもきっと、細々と生き残ってきた珍しいスライムなのだろう。

「ロイ、そいつの従魔登録をするから上へ来い！」

「はーい。プラム、ロペル、行くよー」

『プルン』

『ぷるん』

ついでに草原階層の岩山に開いた横穴や、迷路階層の消えてしまった部屋のことも報告しろと言われ、僕たちだけでなく、リディとククルルくんも二階へ呼ばれた。

でもその前に、ククルルくんが「お腹が空いたにゃ！」と訴えたので、僕らは先に食堂で日替わりランチを食べさせてもらったけど。

それと今回は、アルベール様が探索のついでと言いながら、本当にあちこち捜してくれたらしい。

新人冒険者が行方不明になるのはよくある。それに冒険者は本来、何があろうと自己責任。依頼がなければ捜索なんてしてはもらえない。救助だって期待してはいけない。

だけど、それは建前だ。

ギルドに登録している冒険者に何かがあれば、ギルドは冒険者たちにそれを伝える。

冒険者が行方不明になる、帰らぬ人になる。それはいつ誰の身に起こってもおかしくないこと。

だから金銭のやり取りはなしで、みんなできる範囲で捜索や手助けをするのだ。

今回、最初に異変を報告したのは、入り口で僕と『ドッペルゲンガー』の話をした冒険者だったという。

だけど彼らは僕の捜索はしていない。他に仕事があったからだ。こういう時に、決して強制や無理をしてはいけない。

これはギルドの決め事にはなっていない、冒険者の心得なんだって。

「あとなぁ、ロイ。依頼を受注せず迷宮に行く時は、誰かに行き先を伝えておけ。俺でもいいし、エリサでもいい。行き先が分かれば、何かあった時すぐに見つけてやれるだろ？」

「……うん。はい！」

「いや、そうだな……新人用にそういう掲示板を作るか、届け出用紙を作ってもいいか？」

ギュスターヴさんはそんなことを呟く。

「ああ、あと明日はギルドにいろよ！」

「えっ？」

「三日も行方不明になってたんだ。俺をちょっとは安心させてくれ。昼飯おごってやるから」

僕は目をぱちぱち瞬いて、肩の上のプラムと隣のロペルと目を見合わせ、ふふっと笑う。

「はーい！」

ギュスターヴさんが言うなら仕方がない。それにギルドのみんなや、冒険者たちにも心配を掛けただろう。明日は「ありがとう」と「ごめんね」を言わなきゃ。

「キラキラポーションが欲しいって言ってる奴らもいるから、売店も頼むな」

「うん！」

「はにゃ〜。そいじゃククルルは帰るにゃ。ベアトおねーさん心配してるかにゃ？　叱られると嫌にゃから、お土産にゃんか買っていくにゃ」

ククルルくんはそんなことを言い、スキップで帰っていった。

「しばらく迷宮には行けないかもしれない。ごめんね、ロイ。採取した素材は全て孤児院の下処理に出しておくわ。終わったら届けてもらうようにしておくからね」

リディはお嬢様だし、家の人が心配して、しばらく外に出してもらえなくなっても仕方がない。でも……冒険者を辞めさせられたりしなきゃいいな。

「うん。無理はしないでね。また一緒に迷宮に行こうね」

「うん。またね、ロイ。はー……」

帰り際、お世話係の人に叱られるだろうと落ち込むリディに、ギュスターヴさんは事情を書いた手紙を持たせてあげていた。

三日間、リディが家出をしたわけでも、無茶して命の危機があったわけでもないと、分かってもらえたらいいけど……どうかなぁ。

僕は部屋に戻り荷物を片付けると、服と靴を脱ぎ、さっさと寝間着に着替えてベッドに転がった。

「なんだか疲れたね」

『プル』

『ぽよん』

はあ～、左右にスライム……すっごく落ち着くし、このひんやり感が気持ちいい。

「癒されるなぁ～……いい思い出はない前世だけど、二人と仲良くなれたからいいかな……」

できれば、もっと多くのスライムとくっついて寝てみたいなあ。熟睡できそう。

『ぽよ？　ぽよよ？』

ロペルが、ぽむぽむ僕の胸を叩いている。

「ん？　どうしたの？　ああ、これが気になるのかな」

僕は服の中から、いつも下げているお守り袋を引っ張り出した。

ロペルは『なかみは……なに？』と、恐る恐るという感じで袋をつつく。

「見る？　ほらこれ、綺麗な結晶でしょ！」

掌に、翠色と蒼色《あおいろ》の二つの結晶を出して見せる。翠色のほうは、僕が拾われた時から持っていたもので、蒼色のほうはプラムが塔で見つけたやつだ。

『ぷるる……』

『プルプル、プルン？』

なぜかロペルからは『うーん……』と困惑し、唸《うな》るような感情が伝わってきて、プラムからは『きれいだね、ね？』とロペルをなだめるような言葉が伝わってきた。んん……？

「この結晶がなんなのかは分からないけど、僕の大切なものなんだよ」

『ぷる』

『プルン』

二人は頷き、再び僕にぺっとりくっついた。

「ふふ。前世では狭くてギチギチのあの塔が嫌だったのにね……あ、そういえば」

ふと思い出し、僕は小さな机の引き出しを開けた。

そこにしまってあったのは、塔の工房から持ってきたノートだ。

その一番後ろのページに黒く塗られた一枚の紙が挟んである。

「よかった、あった」

これはハズレの塔に続く通路で、壁に刻まれていた古文字を転写したものだ。今日、迷宮城で同じようなことをして、そういえば……と存在を思い出した。

これを写し取った時は、まだ前世を思い出す前だった。だから読めなくて、帰ってからも他のことに気を取られて、存在をすっかり忘れてたんだ。

「なんて書いてあったんだろ」

ポヨポヨ、ぽよぽよ。左右からプラムとロペルも覗き込む。ん？　二人も古文字読めるのかな？

「――第一研究塔？　それと、関係者以外立入禁止……か」

研究塔かあ。まあ、そうだろうなあ。

プニプニ、すりすり。紙を睨んだまま黙ってしまった僕に、スライム二人が寄り添う。

「うーん……」

ロペルと会ったあそこには『実験場』と書いてあった。関係者以外立入禁止ともあった。

「あんまりいい場所っぽくないよね……」

製薬《ぼ》スライム《くたち》を作った錬金王は、一体何をしていたんだろう。何をしたかったのだろう？

このまま迷宮探索をしていけば分かるかな……？

「……ううん、分からなくてもいいや」

もう僕はあの場所を出たんだもん。もう錬金王の製薬スライムじゃなくて、冒険者で駆け出し薬師のロイだもん。

『プル、プルルン』

「え？」

『ぽよぽよん』

「ええ？」

二人は『でも、よばれてるかも』『めいきゅうがロイをさがしてる』と、そう言った。

「ええ……」

確かにシメオンさんもそんなことを言っていた。

『迷宮が縁を求め、会いに来ることがあるんですよ。迷宮に呼ばれるとも言いますけど』と。

「……迷宮に異変も起こり始めてるし、気を付けなきゃ」

どんなことが起こるのかよく知らないけど、十二年に一度の『十二迷刻』もやってくる。空間を飛び越えたり、時間を越えたりもする。迷宮は危険だ。

「ハズレの塔と工房のこと、秘密にしたままじゃ、だめだね」

冒険者はお互い様の商売。迷宮がもたらす利益を独り占めしちゃいけない。

「うん。塔の工房を調査したら、あの場所をギルドに報告しよう」

そう決めた。

「……ん？　僕、まだ何か忘れてるような……？」

『ポヨ？』

『ぽよん？』

『なに？』『ごはん？』プラムとロペルにそう言われて、ハッと思い出した。ごはんだ！　薬草！

「永久薬草壁!!　生きてる!?」

『プル！』

プラムもベッドから降りて、慌てて箱の中を覗き込む。

「うわああ萎れてるぅううう!!　リディにお世話を頼もうと思ってたのに、そのこともすっかり忘れてた！」

『プルルルル』

僕は大慌てで植物用栄養剤を引っ張り出して、プラムは大急ぎで水を吸い込みに井戸へ向かった。

プラムは体内に水を溜めることができるから、いつもそうして水やりをしてくれるんだ。

『ぽよ？』

何がなんだか分からないロペルは、大騒ぎする僕らをポカンと見つめていた。

第五章　進化

翌日。僕は朝からキラキラポーションを作り、売店の開店準備をしていた。

本当は、今日にでも塔の工房に行って調査をして、ギルドに報告をしようと思った。

でもハズレの報告は、リディと二人でしなきゃいけない。

あの工房のことを秘密にしてもらう代わりに、発見したのは僕とリディだと、手柄を分ける約束をしている。

「リディ、次はいつギルドに来るかな……」

叔父さんたちが暮らす家とは違う離れで暮らしてるって言ってたけど、リディを見ればどれだけ大切にされてるかよく分かる。

きっとお世話係の人たちが、家族のように接してくれてるんだろうなって思う。キツく叱られてなきゃいいけど……

「仕方ない。しばらくはリディを待つしかないね」

今日は僕の売店は大忙しだった。

あんまりにも忙しくて「僕が二人欲しい！」って言ったら、ロペルがにゅるんと僕の姿に変化《へんげ》して大騒ぎになったりもした。

ちょうどいいから、そのまま売店の手伝いをしてもらったんだけどね。

普段のロペルは、のんびりした性格みたいで動きもゆったりしてる。でも僕の姿に変わると、動きまで僕そっくりになるんだ。

『ロイのまねをしてるだけだよ』って言ってたけど、助かる即戦力だ……！

でも残念なことに、僕の姿になっても人の言葉を話すことはできないらしい。細かい対応はまだ難しそうだね。

……あれ？　てことは僕じゃなくて、何本もの腕（？）を駆使して接客できるプラムに変化したほうがいいんじゃ……？　とも思った。要検討だね。

そんなことを思う間にも、次々にキラキラポーションを買い求める人が訪れる。

その中には「心配しただろ！　迷宮では慎重にな！」と叱ってくれる人もいた。

確かにその通りだ。もしまた見慣れない通路や部屋を見つけたら、今度はワクワクするままに入ってみよう！　なんてせず、まずはギルドに報告しようと思った。

それから、どこで聞いたのか分からないけど、迷宮城の消えた部屋についても尋ねられた。

ギルドには包み隠さず報告したから、「草原階層の岩山に開いた横穴も、迷路階層の消えた部屋についても公開されるはずだよ」と伝えた。

そしてお昼は、久しぶりにギュスターヴさんと一緒に食べた。もちろんプラムとロペルも一緒だ。

いろんな話をして、一つ約束もした。

たまにはこうして一緒にごはんを食べようって。

◆　◆　◆

それから数日が過ぎた。

そろそろキラキラポーションに使う薬草が少なくなってきて、今日は採取に行こうかな？　と考えつつ、売店の開店準備をしていた。

「うーん。でも採取に行ってる間、売店はどうしようかな……？」

またモーリスさんの売店に少しだけ預けていこうかな？

『ぼく、さいしゅいきたいな！』

『さいしゅにいくの？』

そんなふうに話していたら、プラムとロペルが突然、ニュッ！　と伸びて入り口のほうを見た。

「ロイ！　プラムとロペルも元気だった？」

「リディ！　久しぶりだね、やっぱりずっと家から出してもらえなかったの……？」

「うん。でも一緒に迷宮に行くプラムの強さや、ロイやククルくんのことも話して、他にも迷宮や冒険者のことを改めて調べて、なんとか説得してきたの！」

ホッとした。勝手に抜け出してきたんじゃないかって心配したけど、嘘を吐いてる様子はないし、これまで通り一緒に迷宮に行けそうだ。

「よかった。じゃあ今日はハズレに行かない？」

「ハズレ？　そろそろ素材が足りなくなる頃じゃないかとは思ってたんだけど……あ、もしかして工房に何か用があるのね？」

後半は小声にして言い、リディは頷く。よし、決まりだ。

「じゃ、僕は売店を片付けちゃうね」

「うん。あっ、でも私ちょっと孤児院に行かなきゃ。院長先生に指名依頼をしたいって言われてたの！　ロイ、先に八ズレに行っててくれる？　後で追いかけるから」

「うん、分かった」

どうやらリディの『街に貢献して名を上げる』作戦は着実に進んでるっぽい？　リディは慌ただしくギルドを出ていった。

「さて。僕も出掛ける支度しなくっちゃ！」

『ぷるる』

ロペルが僕の袖を引いた。何か言いたいことがあるみたい？

『ロイ。ぼくおみせやる』

「え？」

『たたかうのむり……でもロイにへんげして、おみせばんできる』

そっか。ロペルは姿を写し取ったり、リディを変装させたりすることはできても、プラムのように戦ったり薬玉を作ったりはできないんだった。

製薬スライムじゃなくて、ドッペルスライムだもんね。

「うん。それじゃ、ロペルに店番をお願いするよ！　何か困ったらエリサさんを呼んでね。お願いしておくからね」

『うん！』

そう言うと、ロペルは虹色の膜を揺らめかせ、色違いの僕になった。

僕そっくりになったロペルを連れ、エリサさんにお願いしにいったら、「今日はドッペルロイくんがお店番か～。分かった、気にしておくよ～」と快く頷いてくれた。

まだ変化したロペルを見たことがなかった他の職員さんや居合わせた冒険者たちは、「これが噂になってたロイのそっくりさんか！」と驚いていた。

「今は僕の従魔になったんだよ」と説明したら、意外とすんなり受け入れてもらえて、ちょっと驚いた。

「迷宮は不可思議なことばかりだからな」「いちいち大騒ぎしてらんねぇよ」とも言われた。

でもみんな、僕のそっくりさんの噂……怖がってなかったっけ？


「ギュスターヴさん、僕、今日はハズレに行ってきます！」

二階の執務室へ行き、僕はあの日に言われた通り、行き先を報告した。

でも、ギュスターヴさんは眉を寄せ、少々難しい顔をしている。

あれ？　もしかして……リディだけじゃなくて僕も外出禁止って言われちゃう……？

報告したらすぐに出発するつもりで荷物も準備したし、そういうふうにリディとも約束しちゃったんだけど……！

「あの、僕、出掛けちゃだめなの？」

「そんなことねぇよ。行ってこい」

「よ、よかったあ！　じゃあ、なんでそんな顔してるの？　ギュスターヴさん」

ギュスターヴさんは難しい顔のまま。あきらかに何か問題がある感じだ。

「今日はハズレで採取するだけだな？　寄り道はねぇな？」

「ないです。ハズレに行くだけ」

僕は若干ぎこちなくそう言った。

いや、ハズレに行くのは本当だ。工房が目的だけど採取もするかもしれないし、塔は寄り道じゃない。あそこはハズレの一部だから嘘じゃない。

「なら問題ないか……ロイ、伝えておくことがある。お前の元奉公先、バスチア魔法薬店の若旦那が保釈された」

「……えっ。え⁉　保釈⁉」

なんで⁉　若旦那さんも旦那様も、粗悪品レシピのポーションを売った件だけじゃなく、他にも罪がありそうだから、長く勾留されるだろうって聞いてたけど⁉

「粗悪品レシピポーションの件は調べ終えたんだと。で、余罪の疑いはいくつもあるんだが、イマイチ証拠に欠けるらしくてな。ひとまず保釈されたそうだ」

「……無罪になったわけじゃないよね？」

まさかとは思うけど、お金で無罪を買ってたりして。

「無罪かどうかはこれから決まる。保釈ってのは、金を支払い、大人しく待つと約束して、牢から出してもらう……って感じだな。自由になったわけでも無罪になったわけでもない」

それを聞いてホッとした。悪いことをしていたのなら、その罪はしっかり償ってもらいたい。無罪放免ってなったら、僕ら奉公人も連れ戻されちゃいそうで怖いし。

「あ、じゃあ若旦那さんはバスチア魔法薬店に戻ってるの？」

「いや、バスチア魔法薬店は封鎖されたままだ。遠い親戚《しんせき》だかが身元引受人になったらしいから、そいつのとこに身を寄せるんだろう」

「若旦那さんを助ける親戚なんていたんだ」

そこに驚いてしまった。だって旦那様も若旦那さんも、先代さんに勘当されてたはず。商売をやってたら、一人くらいは助けてくれる人がいるのかもね。

「とはいえ、父親のほうは捕らわれたままだ。どうにもこの保釈には、何か裏がありそうな気もするがなぁ？」

裏？　なんだろう。

僕に話しながら、情報を整理してる素振りのギュスターヴさんを見上げる。

「まぁ、お前に伝えたかったのは、気を付けろってことだ」

「え？　気を付けろって何に？」

「若旦那だよ。お前を逆恨みしてるかもしれねぇだろ？　そこまで馬鹿じゃねぇと思いたいが……」

「逆恨み⁉　なんで⁉」

僕が通報したわけでも、粗悪品レシピを渡したわけでもないのに逆恨みする⁉

「あ。若旦那さんなら、僕に罪をなすりつけられなかったって……恨むかな？」

「ああ。ついでにロイは解毒剤を作って奴らの尻拭いをし、キラキラポーションなんて評判の薬まで売り出してる。一方で自分は捕縛され、店を失い大金を使ってやっとの保釈だ。今成功しているロイのことは気に入らねぇだろうし、逆恨みしそうな奴じゃねぇか、あいつ」

「うん。若旦那さんってそういう人だったー……」

さすがギュスターヴさん、冒険者ギルド長なだけあるなあ。人のことをよく見てるよ……

若旦那さんは逆恨みをする人だ。

しかも相手は、見下してこき使っていた元奉公人の僕。若旦那さんは余計に腹を立ててそう。本当に注意してたほうがよさそうだ。

「でも保釈って、そんなに自由はないんだよね？」

「もちろん制限付きだ。ラブリュスの街からは出られないと聞いてる。もし破ったら牢の中に逆戻りだ。街中でばったりってことを考えりゃ、ハズレにいたほうが安全かもな」

「あはは、そうだね」

ハズレとはいえ迷宮のほうが安全って言われるなんて、若旦那さんって本当に信用がないよね……まあ、僕も信用はしてないけど。

「お前に手を出すほどの馬鹿じゃねぇと思いたいが、若旦那の動向には注意しろよ。俺も情報を集めておく」

「はい！」

冒険者ギルドを出る僕を、僕の姿をしたロペルが見送ってくれた。エリサさんと一緒にだ。エリサさんが気に掛けてくれてるなら安心。今度エリサさんに何かお礼しなくちゃね。

プラムを肩に乗せ街を歩く。すると、すれ違う顔見知りの冒険者、門の衛兵さん、街道で一緒になった冒険者たちにまで、「気を付けろよ」と声を掛けられた。

どうやら若旦那さんが保釈されたという話は、街中のみんなが知っているようだった。

「これだけ知れ渡ってるなら、たとえ若旦那さんが僕を逆恨みしてても何もできなそうだね」

『プルン』

プラムも『そうだね』とホッとしたように頷いた。

まだ日は高いし、街道の見通しもいい。門の衛兵さんも警戒してたし、きっと心配はない。

「それにしても若旦那さん……ほんっとうに評判悪いんだねぇ」

『プル、プルルン！』

『ぷぷ、ほんとにね！』プラムからそんな感情が伝わってきた。というか、ちょっと前からプラムとの《以心伝心》が強まってる？　もう普通に喋ってる気がする。

もしかしたら僕、ポーションをたくさん作ったから【友誼】のスキル級位も上がってきたのかな？

でもまだプラムの言葉が幼い感じがする。ロペルもだ。もっとたくさん、二人といろいろ喋れるようになったら嬉しいな。

「久しぶりの迷宮探索、楽しみだね。プラム」

『ポヨ！』

『そうだね！』と、プラムは肩の上でぴょんぴょん飛び跳ねた。


「よいしょっと」

いつも通りに縄梯子《なわばしご》で崖を下り、狭い岩の間を通って塔へ向かう。今日は後でリディが来るから縄梯子はそのままにしておこう。

黒い扉を押し開けて塔の中へ入り、ガランとした部屋から十字格子の窓を見上げた。

今日を最後に、この塔と工房のことはギルドに報告する。

あの素敵な、僕だけの秘密の工房とは今日でさよならだ。

『ポヨ？』

「落ち込んでないよ。大丈夫、いつかちゃんと自分の工房を手に入れるからね」

さあ、梯子を降りて工房を見て回ろう。ギルドに報告するんだから、ある程度調査をしなくっちゃ。あ、ドッペルスライムのことが書かれたものがないかも探したいな。

「永久薬草壁の様子はどうかなぁ？」

『プルル』

この前、壁の一部を切り取ったから心配してたんだけど……

「あんまり変わらなそうだね、よかった！」

うん。葉のツヤとハリも問題なさそう。少し成長してる気がするし、植物用栄養剤が効いてるのかも？　それともリディの【緑の手】のおかげかなぁ。

「あれ、でも流れてきてる水が少ないような……？」

僕は茂る薬草をよけて、上から伝う水を観察する。前はもっと壁全体に流れてた気がするんだけど……上のほうで何か変化があったのかな？

そういえば水源を確認していなかったと今更気が付く。塔の外から流れ込んでるのは確かだけど、失敗したなあ。崖崩れや倒木で水の流れが変わった可能性もある。

「報告した後に見てもらおうかなぁ……でも優先度は低そう」

『ポヨ、ポヨッ！』

『ぼく、みてくるっ！』と言って、プラムが上を指（？）さし梯子を器用に上っていった。

上の階の永久薬草壁に少し元気がないのは、水量が減ったせいだったのかな。

「気を付けてね！」

「さて。それじゃ僕は棚を確認しよ」

この場所をギルドに報告したら、ノートや本は持ち出せなくなるだろう。

でも僕には発見者の特権がある。冒険者が見つけたお宝は、基本的にその冒険者のものになる。価値が高いものの場合は、ギルドなり国なりが買い取ってくれる制度もある。

しかし、僕がこの工房丸ごと欲しいと言っても、それはさすがに許されないと思う。

高位冒険者なら受け入れられるかもしれないけど、僕は駆け出し冒険者兼、駆け出し薬師だ。古王国の貴重な遺産を、未熟な者には預けられないと言われても仕方がない。

「たぶんベアトリスさんが調査に入ってくれると思うんだよね」

ベアトリスさんがラブリュスに滞在している時に見つけたのは幸運だった。

ここにある錬金術の知識はきっと守られる。

「それに、ちょっとなら僕の欲しいものを譲ってもらえるかも」

僕はノートやファイル類を中心に棚を確認していく。

綺麗な鉱石や、見たことのない何かの標本。

もしかしたら収納バッグと同じもの？　と思われる箱、優美な装飾の硝子瓶。どれもこれも心惹かれてたまらない。

だけどこれらは僕が探しているものじゃない。僕が欲しい、探しているものは、製薬スライムやドッペルスライムに関連するものだ。

ここを見つけた時は、古王国のレシピや錬金術の本、図鑑、古王国時代の薬、そういうのに関するものが見たかったし、欲しかった。

でも迷宮城でロペルに会った今は、違う。

「レアスライムに関するもの、ないかなあ」

ロペルも、きっと錬金王が作ったレアスライムの生き残りだ。だってあんなスライムいないもん。

それからロペルに会って、改めて不思議に思ったんだ。

古王国の錬金王は、なんでレアスライムを作っていたんだろう？　って。

僕が知っているのは、製薬スライムとドッペルスライムだけど、お世話係だった研究員たちの態度を思い出すに、古王国でもスライムの価値は低そうだった。

役に立つ薬玉を生み出す製薬スライムでもだ。

それならドッペルスライムはなんのために作られたのか。姿を真似るスライムを作る利点が僕には分からない。面白い能力ではあるけど、なんでいろんなスライムを作っていたんだろう？

最弱の魔物で扱いやすかったから？　使い捨てにしてももったいなくないから？　実際、製薬スライムは使い捨てのような扱いだったし……

僕はなんだかモヤモヤした気持ちで積み重なったノートの表紙をめくり、並んだファイルの背表紙を指でなぞる。

――ああ。スライムのことを知りたいと思っているのは、僕じゃなくてスライムだったぼくなのかもしれないな。ぼくは自分のこと……ルーツが知りたいんだ。きっと。

僕は前世を思い出したけど、自分のことはよく分からない。

拾われた時の所持品は翠の結晶一つだった。手掛かりは何もない。

だけど、レアスライムについての手掛かりなら、たぶんここにある。製薬スライムはなんのために作られたのか。前世のぼくのルーツだけでも分かったら……

「あ、これスライムのお世話日誌っぽい！」

製薬スライムのことが少しは分かりそうだ。

ぼくの視点じゃなくて、人間側の視点を知ることができる。これはいいぞ。

「よしよし、この辺のファイルとノートは別にして確保しとこ」

ん？　こっちは永久薬草壁の水やり記録？

あ、栄養剤についての記録もある。

これは持ち帰った永久薬草壁、永久薬草壁の手入れに役立ちそう！

「……切り取った永久薬草壁、没収されないといいなあ」

あのくらいの大きさなら、この場所を見つけた褒美として、もらえそうな気もするんだよね？

「よし。そのためにも役立ちそうな資料はまとめておこ――ッ!!」

微かに音がした気がして、ビクッ！　と、僕の肩が大きく揺れる。

「えっ。何？」

嫌な予感がして僕は梯子に駆け寄る。すると上から、ピョーン！　と僕の腕を目掛けてプラムが降ってきた。

「プラム！　何があったの!?　まさか魔物!?」

『ちがう！』プラムが首（？）を大きく横に振り、僕の腕から飛び下りて、手をグイグイ引っ張る。

何がなんだか分からないけど、プラムからは強い焦りの感情が伝わってきている。

「プラム待って、何があったか教えて！」

『ポヨヨ、プルル！』

『だめ、にげよう』としか言わないプラムにひとまず従って、僕は手を引かれるまま梯子から離れた。

『ロイはかくれて』

プラムはそんなことを言う。一体どうしたの？

「プラム、魔物なら僕も戦うよ」

戦うならここより上の階のほうがいいかな？　それとも隠れる場所がある、ここのほうがいい？

『きたよ』

プルン！　プラムはにょーんと体を大きく伸ばし、僕を隠すように立ち上がる。

その時、僕の耳に足音が聞こえた。

――ザリッ、ドッ、ドッ。

上の階だ。石床を乱暴に歩く音がする。

引《ひ》き摺《ず》っているような足音だ。これは魔物やリディの歩き方じゃない。

リディの歩き方はもっと軽やかで、こんなふうに足音なんて立ててない。お嬢様は迷宮でも優雅なんだ。

この足音……乱暴で、自分の存在をアピールするような足音。僕は、この足音をよく知っている。

『プルルル』

「プラム、教えてくれてありがとう」

強くて優しいプラムが初めて見せる強い警戒。これはもう間違いない。

僕は手をナイフの柄に移動させ、梯子を睨んだ。

コツン、コッ、コロロロ……

石床から石ころが落ちてきて、そして――

「へぇ！　なかなかの工房じゃないか。ロイ！」

「若旦那さん」

もう会うことはないと思っていたその人が、ニタリと笑顔を覗かせた。

梯子を降りてきた若旦那さんは腰に手をやり、偉そうにふんぞり返る。相変わらずだ。

「若旦那さん。どうしてここにいるんですか」

「は？　馬鹿だな、後をつけてきたに決まってるだろ」

なんで？　身元引受人は何をしてるんだ？

若旦那さんは、少なくとも街からは出られないんじゃなかったの？

『プルル』

プラムが何かを感じ取り、『おかしいよ。気を付けて』と僕に伝えてくる。

僕は頷き……確かにおかしいなと思った。だって、門には衛兵さんがいる。

若旦那さんのことは街中のみんなが知ってたくらいなのに、どうして止められることなく城門を通れたの？

僕だって、若旦那さんに後をつけられて、気が付かないほど鈍くない。プラムなら尚更だ。

「若旦那さん、何をしたんですか？　また罪を重ねたんですか？」

「うるさいぞ、ロイ！　ずっと気に入らない奴だと思ってたが、こんないい工房まで隠し持ってたとはなぁ！　おい、先代のじじいから譲られたものか？」

「違います。ここは誰のものでもありません！」

「てことは新発見の遺跡か？　へぇ……そりゃあいい」

うわ、何かよくないことを企んでる気がする。

若旦那さんは無遠慮に近くの棚に触れ、ニタニタと値踏みを始めた。

嫌だな。こんな人にこれ以上、この素敵な工房を汚されたくない。

「若旦那さん。早く街に戻ったほうがいいんじゃないですか」

僕はナイフの柄をぐっと握った。いつでも抜けるようにしなくちゃ。そう気持ちを固めた。

プラムも僕の前に立ち、強い警戒を滲ませプルプルと震えている。

だって、若旦那さんのあの顔。

あれは僕に無茶を言い付ける時に見せる意地悪な笑みだ。

きっとまた、無理なことを吹っかけてくるに違いない。

「なぁ、ロイ？　お前、あのポーションの解毒剤を作ったんだってな。それに随分と高品質なポーションを作って売ってるんだって？　しっかし馬鹿か！　なんで冒険者ギルドなんかで叩き売ってるんだよ！　俺ならもっと上手く儲けてやる。今日からここで作れ！　特別に手間賃もくれてやるぞ！」

「……え？　何を言ってるんですか？　どうして僕が若旦那さんに手間賃をもらうの？」

「ああ？　お前こそ何言ってるんだ！　奉公人のくせに口答えか!?」

ビリビリと響く大声。

いつものように怒鳴りつけられる。だけど僕はグッと顔を上げて言った。

「僕はもうバスチア魔法薬店の奉公人じゃない！　若旦那さんの言うことを聞く理由なんてない！」

僕はもう自由なんだ！

怒鳴られたって怖くないし、若旦那さんの無茶なんて二度と聞かない！

「生意気を言いやがって……ロイのくせに!!」

若旦那さんは再び大声を出して、グワッと僕に向かって腕を振り上げた。

殴られるっ？　違う、何か持ってる！

「プラム避けて！」

『プルルッ！』

しかし、プラムは動かなかった。

パララッ！

僕らの足下にバラバラと小石のようなものが投げつけられた。その瞬間、僕の足が床にピタリと張り付いた。あっ、プラムも⁉

「な、何これ、動けない⁉」

『ポヨヨ⁉』

「あっはは！　『影縫《かげぬ》い石《いし》』だよ！　便利な魔道具を買える金があるってのはいいなあ！　ははは　っ、スライムにもよく効いてら。あ～あ、プルプルしてかわいそうに……なぁ！」

ニタリと笑った若旦那さんが再び腕を振り上げると、その手元がキラリと光った。ナイフを投げる気だ!!

僕は咄嗟に顔をそむけ腕でガードした。だが、予想した衝撃は届かず、その代わり動かぬ足に何か柔らかいものが触れ……僕は目を見開いた。

「え………プラム!!」

僕の足下には、ぺったりと倒れ込むプラムがいた。

「大丈夫!? プラム!」

半透明の体の中に小振りなナイフが見えた。その柄には魔石がはめ込まれ、錬金術特有の紋様が描かれている。

このナイフ、錬金術で作った魔道具だ! 一体どんな効果が付与されたナイフなの!?

「プラム! 返事してプラム!」

『プ……プル……』

弱々しく手(?)を上げてくれた。よかった、生きてる!

「あっははは! プルプルしてら!」

「……わ、笑うなぁ!!」

腹の底から声が出た。でも、床についた僕の膝も、プラムに触れる指先も震えてる。

だって、プラムが目に見えてぐったりして、力を失ってるんだ。

「どうして! プラムならこんなナイフ、吸収することだってできたでしょう?」

嫌だ。プラムの体がどんどん色を失っていく。こんなの、まさか——

「あっ、核《かく》が……！」

核は魔物にとっての心臓のようなもの。スライムの核は、普段は隠されていて外からは見えない。だけど今、僕の目に晒されたプラムの核は僅かに傷が付いている。

すぅっと血の気が引いた。核の傷はまずい。小さな傷でも命にかかわる。

「はっはは！　なんでスライム用のナイフなんか必要なんだと思ったが……そのスライム意外と強いらしいな？　そうなっちゃあ、もう関係ないがな！」

スライム用のナイフ？　なんだそれ、どうしてそんなもの……！

僕はイチかバチか、腰のポーチに入れてたキラキラポーションを引っ掴み、バシャバシャとプラムに振り掛けた。

ポーションって核の傷にも効く？

傷ついた体にポーションがシュワシュワ浸透していくけど、核に付いた傷は全然治らない。

「だめか……っ」

ああ、あっちの棚に古王国レシピのポーションがあるのに！　このキラキラポーションよりも、もっともっと高品質なあれなら、核の傷にも効くかもしれないのに！

「あっはは！　ポーションなんてかけて、そいつの苦しみが長引いただけじゃないか？　ははは！」

「若旦那さん……」

ひどい。僕は笑う若旦那さんを見上げた。どうして、どうして笑えるんだ。この人は。

初めて感じるくらいの強い怒りが込み上げてくる。でもそれ以上に悲しくて、何もできない自分が悔しくて、言葉が出てこない。

「プラム……！」

もしプラムが永久薬草壁の近くにいたら、もしも動くことができたなら、攻撃の薬玉を作って若旦那さんなんか撃退していただろうに。

僕だって、もっと何かできたかもしれないのに。

「おい、ロイ。手を出せ」

「嫌だ！」

「はぁ？　ただの奉公人のくせに出しゃばりやがって！　お前が大人しくしてりゃ俺も親父もとっくに解放されてたんだ！　別の街に行って、お前のポーションで償わせてやるからな‼」

グイッと腕を引っ張られて気が付いた。若旦那さんの手に、また新しい道具が握られている。

銀色に光るもの。ナイフじゃない――コテ？

ハッとした。僕は前世でこれを見たことがある。忘れるわけがない。先端に隷属《れいぞく》を意味する古文字の紋様が彫られたそれは――

「『隷属《れいぞく》のコテ』……」

「あ？　読めるのかお前！　生意気だな」

こんなもの普通に手に入る魔道具じゃない。これは古王国で製薬スライムを隷属させるために使われていた魔道具。

若旦那さん、なんでこんなものを持ってるの!?

「まぁ、コテの意味が分かるなら余計に恐ろしいだろ。ははは！」

若旦那さんが持つコテに魔力が通され、先端が赤く染まる。

――あの部屋で十字格子の窓を見上げ、ポーションを作り出すだけの日々が瞼《まぶた》の裏に甦《よみがえ》る。

嫌だ！　あんなものに僕はもう二度と縛られない!!

その瞬間、床に縫われていた僕の足がフッと軽くなった。

そうか！　影縫い石の魔道具は、若旦那さんの魔力で発動したもの。

隷属のコテに多くの魔力を流したから、影縫い石の効力が弱まったんだ！

僕は足下に転がっている影縫い石に手を伸ばして拾うと、魔力を込めて若旦那さんの足下に投げ付けた。

「うおっ!?　足が……っ、チッ！　ロイ、お前！」

「ふざけるな!!」

僕の体の奥底から力が湧き上がる。キラキラと僕の体が輝き出し、パチン！　と何かが弾ける感覚がした。

ブワッと体中に魔力がみなぎっていく。

今の僕なら、なんでもできる気がする！

僕は若旦那さんの手を振り払い、永久薬草壁へ走った。そして目に付いた毒草をむしり取る。

不思議だ。名前も知らない薬草もあるのに、何がどんな効能を持つのかが分かる。

今の僕に必要な薬草が一目で分かる。

体の中でうごめく魔力が教えてくれているんだ！

次々とレシピが浮かんでくる。手にしたこの素材から作れるものがいくつも浮かぶ。

素材も、分量も、効果も、何もかもを僕が選び創り出すことができる！

それなら、僕が望む薬は——

「【麻痺毒《まひどく》・極《きわみ》】!!」

その言葉に応え、手にした素材が光る。

そして僕の手の中に、どす黒く渦まく薬玉が出現した。

「できた！」

これは【製薬】スキルじゃない。

既存の薬を生成できるだけじゃなく、新たな薬を創り出せるよう進化したもの。

このスキルは——【創薬《そうやく》】!!

「なっ……待て、なんだそれロイ！」

僕は腰のベルトから投石紐を引き抜き、薬玉をセットし振りかぶる。

「いっけぇ～!!」

僕は【麻痺毒・極】の薬玉を、若旦那さん目掛けて投げ付けた。

「うっわぁ!?」

バシャン！　若旦那さんの頭に薬玉が命中し、弾けて全身に飛び散った。

「なっ、なんだこれ！　おイ！　ロ……ぅィ⁉」

若旦那さんは腐っても魔法薬師だ。匂いや色であの薬玉が危険なものだと分かったのだろう。

慌てて顔や腕を拭っているがもう遅い。みるみるうちに若旦那さんの腕が、ビシリと固まった。

驚き目を見開いた若旦那さんは、まるで石像になったかのように動かない。

ああ、石像といっても格好いいポーズなんかじゃない。

腕も脚も、なんなら顔も、じたばた慌てたままの間抜けなポーズだ。

「しばらくまともに動くことも、喋ることもできないからね！」

「ぉば……ろ……ぃ……ッ‼」

僕なんかにやられた怒りと動けないこの状況のためか、若旦那さんは顔を真っ赤にして睨み付けてくる。

そっか。【極】だと目はまあまあ動かせるんだね。【至極《しごく》】にしてやればよかったかな。

「そんなことより、プラムだ！」

僕は力なく床に倒れるプラムに駆け寄り、そっと抱きかかえた。

「プラム、すぐに治すからね」

『プル……る……』

ぐったりしているプラムを抱え、棚へと走る。

前に作りすぎて押し込めておいた古王国ポーションの薬玉を手に取ると、僕はプラムの核にそっと押し当てた。

「古王国ポーションなら、きっと傷付いた核だって治せる」

『……プル』

少し待つと、薄くなっていたプラムの体の色が徐々に戻ってきた。

ホッとして二つ、三つと追加で薬玉を使う。けれど体の色は完全には戻らない。

通常なら核を隠している膜の再生もされず、傷付いた核が丸見えのままだ。

治らない……？　でも、この古王国ポーション以上に強い薬なんて……

僕は一縷《いちる》の望みをかけ、永久薬草壁を見つめる。さっき進化した僕のスキル【創薬】で使えそうな薬草はないか。じっと目を凝らして探す。

だけど【創薬】できそうな薬は閃《ひらめ》かない。

「素材が足りてないのか……」

永久薬草壁で育つ薬草は、どれも高品質で、珍しい素材だってあるのに、それでもここにある素材だけじゃ『古王国ポーション』以上に強力な回復ポーションは作れない。

「どうしよう……どうしよう！　どうしようっ、プラム!!」

『ポょ……』

弱々しい手（？）が僕の頬を撫でる。こぼれた涙を拭ってくれるの？　そんなことしなくていいよ。僕の涙が薬になればいいのに。プラムを治す薬になるものはないの……？

「……また音がする」

上階から誰かが下りてくる。僕はプラムを抱きかかえ、ナイフを抜いて梯子を睨んでいると——

「ロイ！」

「えっ……ギュスターヴさん!?　ベアトリスさんも！」

ホッと力が抜けた。まさかギュスターヴさんが来てくれるなんて！

「ぎゅ、ギュスターヴさぁん!!」

ボロボロと涙が落ちてきた。涙でよく見えないけど、ギュスターヴさんが僕に駆け寄ってきた。

ベアトリスさんは固まっている若旦那さんに気が付いたみたいだ。

「あらぁ。このクズ、麻痺しちゃってるのかしらぁ？　うふふふ」

恐ろしくご機嫌なベアトリスさんの笑い声が聞こえ、カツンとヒールの音が響いた。

「ロイ、大丈夫か！」

「ギュスターヴさ……ッ」

床にへたり込む僕を、頼れる腕がプラムごと抱きしめた。

すると、僕の胸にゴリッと硬いものが当たった。胸に下げてる守り袋だ。

「いたっ……」

「痛い!?　怪我してるのか」

ギュスターヴさんは慌てて腕の力を緩め、僕の顔やら体をペタペタ触って確認していく。

「ち、違うよ！　これ！」

僕は襟元から守り袋を引っ張り出し、そして目を瞬いた。すごい魔力を感じる……？

慌てて袋から結晶を取り出す。

中身は翠色と蒼色の二つの結晶だ。

「これ……今なら分かる。廃棄された製薬スライムたちの結晶だ……」

静かな工房に僕の言葉が響き、ギュスターヴさんが息を呑む。

少し離れたところにいるベアトリスさんも驚いた表情をしている。

スキル効果《素材解》のおかげでこの結晶が何か分かる。

きっと【製薬】が【創薬】に進化したおかげで、《素材解》の精度も上がったのだろう。

だって今までは魔力も感じなかったし、見たってこれがなんなのか分からなかった。

それとも——

僕は膝の上で横たわるプラムを見つめる。

——仲間たちが、僕に何かを訴えている？

「ロイ、ベアトリスにプラムを見せてみよう」

「……待って、ギュスターヴさん」

じっと結晶を見つめると、何かチカチカ点滅しているような、何か閃きそうなそんな感じがしてきた。

これは、【創薬】の閃き？

でもさっきみたいに、創れる薬も、必要な素材も分からない。

どうして……？　と、結晶を握りしめ俯いたその時、古王国ポーションの空き瓶が目に入った。

そして、僕の頭の中にある可能性が浮かんだ。

――製薬スライムの結晶と古王国ポーションを！

「ギュスターヴさん！　ちょっとプラムを抱えてて！」

「お、おう！」

僕は棚から古王国ポーションの薬玉を掴むと、その辺にあったビーカーにどぼどぼ投入した。そして祈るような気持ちで、守り袋の蒼色の結晶をビーカーの中に沈めた。

「【創薬】でエリクサーを作るんだ！」

エリクサーは伝説の万能薬。そうは言ったものの、実際に存在しているのかも分からないし、まさか本物のエリクサーができるとは思っていない。

でも、この組み合わせならきっと【創薬】でそれに近いものを創れるはず。

僕の【製薬】スキルは、望む薬を完璧に生成できる、一級だった。

そして、そこから進化した【創薬】スキルはどうだろう？

たぶんまだ【創薬】は一級じゃない。一番低い五級かも。

それでも【製薬】の上位スキルなら、僕が望む薬を創り出せないかな？

本物じゃなくてもいい。伝説の回復薬、エリクサーのような、なんでも治る薬を僕は望む。

プラムを治す薬を創れ。僕のスキル【創薬】！

「【エリクサー】!!」

パアァッとビーカーが眩く光り、蒼色に輝く液体が出来上がった。

「プラム！　これ飲んで！」

『ポヨ……？』

ギュスターヴさんに抱えられたまま、プラムはよろよろとビーカーに手（？）を伸ばす。

ゆっくり中身を飲み込むと、蒼色のキラキラがプラムの体内に巡っていった。

お願い。どうか、どうか効いて……！

「……あ？」

プラムの体内で揺蕩《たゆた》うキラキラが傷ついた核に届き、核を包み込むように集まっていく。

そのまま見ていると、キラキラは少しずつ小さくなり、そして、核に吸収されてスゥッと消えた。

まだ核は見えてるけど、傷は治ったような……？

「プラム？」

呼びかけるけどプラムはまだ動かない。どうしよう、失敗？　祈るような気持ちで核を見つめる。

すると核から、蒼色がゆっくりと広がり始め、あっという間に核を覆い隠してしまった。

「プラム？　どう？　動ける？」

『……ポヨ？』

プラムが首（？）を傾げ、僕を見上げた。

「プラム……？」

『プル？　プルン！』

プラムはギュスターヴさんの腕をスルリと抜け出し、ピョン！　と大きく飛び跳ねた。

その体は傷一つない。だけど、なんだか色が前よりも鮮やかになってる……？　ん？　中身もちょっとキラキラしてない？

「あらぁ？　この子、すごい魔力を持っちゃったんじゃなぁい？」

「元々ちょっと変わっていたが……プラム、お前もしかして進化したんじゃねぇか？」

ベアトリスさんとギュスターヴさんがそんなことを言う。

進化？　僕のスキルだけじゃなくて、プラムも強くなったの？

薄紫色だったプラムの体は、少し鮮やかな紫色になっていた。動くたびにキラキラした輝きが見え、蒼色もちょっと混じってる？

この蒼色はきっと結晶の色。それじゃこのキラキラは……なんだろう？

僕のキラキラポーションのキラキラは、溶けきらなかった魔力だって思ってたけど……

その時、僕の頭の中に『ふふ』『うふふ』と、誰かの笑い声が聞こえた気がした。

ううん、声っていうより、嬉しい感情が伝わってきてるような……

一人じゃない。誰だろう？　僕はキョロキョロと周りを見回す。

『ポヨ』

プラムの体内にある蒼色がキラキラと輝く。

そうだ、この感じ。プラムやロペルから《以心伝心》で聞こえる声に似てるんだ。

「もしかして……みんな？」

僕に笑いかけてくれてるのは、蒼色の結晶になった製薬スライム？　前世の仲間たちなの？

『プルルン』

プラムがぴょーんと跳び上がり、僕に抱きついた。

『ロイ、ありがとう』

プラムから嬉しそうな感情と一緒に、たくさんのスライムたちの笑顔が伝わってきて、僕はポロリと涙を零した。


さて。プラムの次は、放置していた若旦那さんだ。

あの人は麻痺毒で動けないいし、喋れない。だけど僕はもう近寄りたくなくて、プラムを抱えて離れた。ギュスターヴさんとベアトリスさんに任せよう。

「ふぅん？　『影縫い石』に『スライム斬り』、『隷属のコテ』ねぇ……物騒だわぁ？」

ベアトリスさんは若旦那さんを見て、珊瑚色の唇をニィッと三日月形にして呟いた。

影縫い石は街で買える普通の魔道具だ。だけどあのナイフ……スライム斬りなんて魔道具は知らないし、隷属のコテなんて今はあっちゃいけないものだと思う。

たぶんスライム斬りと隷属のコテは、迷宮で見つかった古王国時代の遺物だろう。

「でも、そんなものを若旦那さんが持ってるなんて……」

僕は呟いた。迷宮遺物は高い。珍しいものであるほど値段は上がると聞く。

それに遺物は壊れていたり、使い方が分からなかったりするものも多い。

だというのに、若旦那さんは使ってみせた。幸運すぎるよ。

「ケチなくせに、よく買ったよね」

『けちだから、だれかにかりたとか？』

僕が言うと、プラムが腕の中から見上げてきた。

「……そういえば、それっぽいこと言ってたっけ」

『はっはは！　なんでスライム用のナイフなんか必要なんだと思ったが……そのスライム意外と強いらしいな？　そうなっちゃあ、もう関係ないがな！』

僕は若旦那さんが言っていたことを思い出す。

若旦那さんはプラムのことを誰かに聞いたんだ。僕に仕返しするにはプラムが邪魔だから、ナイフが必要だとか言われて、買ったか、借りたかしたのだろう。それなら腑《ふ》に落ちる。

でも誰が？　古王国の貴重な魔道具を持ってる人なんて限られる……ん？　古王国の貴重なもの……つい最近も似たようなことがあったよね。

あの『古王国ポーションの粗悪品レシピ』もそうだ。若旦那さんは、あれが粗悪品とは知らなかった。本物の古王国ポーションのレシピだと思っていた。

本物だと言われて信じて買ったか、もらったかしたんじゃない？

「……もしかしてだけど、若旦那さんに魔道具を貸した人、『粗悪品ポーションの古文書レシピ』にも関係してたりして……」

『おんなじ、こおうこくのものだもんね。あるかも？』

「でも、なんのために？」

僕はプラムと話しながら、考える。

若旦那さんを金づるにするため？

「魔法薬師の能力を利用しようとした？　……よりによって若旦那さんをかぁ」

僕は呟いて、ギュスターヴさんとベアトリスさんに挟まれ、うめき声を上げている若旦那さんを見た。

「ぐ……ぐぅ！」

麻痺毒・極をくらって、よくこんな声を出せるなあ。

「うーん……毒への耐性は強いみたいだけど、魔法薬師の腕はない人なんだよねぇ」

利用できるのかなあ。

若旦那さんの前には女王様のような態度のベアトリスさんが立っている。あの冷たい目は、同じく薬を作る者としての怒りなのかな？　……ちょっと怖い。

「はぁ。まぁだお喋りできないのぉ？　魔法薬師ならもっといい解毒の魔道具を身につけてなさいな」

あっ、そうか。そういうのがあったのか！　わああ、危なかった！　僕、やりすぎだったかなって少し思ってたけど、思い切りやってよかった……！

「ぐぅ！　うぅっ！　ぐ……っそぉ！」

「あら。お話を聞いてあげようとしてるのに『クソ』ですってぇ？　違うでしょぉ？　私への感謝なら、『ブヒィ』って言うのよ、お馬鹿さん」

ドスッ。

ベアトリスさんの高くて細いヒールが、若旦那さんの背中にめり込んだ。

うわぁ。お肉があるからすんごいめり込んでる……！

若旦那さんから「ぶひぃ」と小さな声が上がった。許してほしいんだな、あれ。

「ベアトリス、遊ぶのは後だ」

ギュスターヴさんが、若旦那さんをヒョイッと肩に担ぎ上げた。

「ちょっとぉ。こんなのに情けをかけるのぉ？」

「なわけねぇだろ。さっさと街へ戻って衛兵に突き出して、それから存分に遊べばいい。コイツには個人的にも腹が立ってるからなぁ」

ギュスターヴさんの低い声。眼帯で隠れた横顔の口角がニヤリと上がっている。こわ。でも格好いい。

「そうね。いろいろ気になることがあるのよぉ？　たぁっぷりお喋りしましょうね？　うふふ」

……こわ。

尋問とか、僕には向かないや。若旦那さんが持ってた魔道具は気になるけど、後はもう大人たちに任せよう！

そうして僕たちは、いつものように壁の穴から脱出した。

そうそう、ベアトリスさん、あんな靴で戻れるかなって心配したんだけど、あの細くて高いヒールの靴は便利な魔道具らしくて、ヒョイッと空《くう》を歩いて優雅に地上に出ていた。

さすが白夜の錬金術師……！　格好いい！

◆　◆　◆

「そろそろ来るか？」

「え？」

街道に出たところでギュスターヴさんが足を止め、空に向かってポーンと『魔弾《まだん》』を上げた。

魔弾は自身の魔力を放出して作るもの。今みたいに小さな魔弾を空に向かって上げるのは、一般的に合図の意味合いだ。魔力が豊富な魔導師などは、大きな魔弾を作り、攻撃としても使うらしい。

『プルン！』

プラムが嬉しそうに飛び跳ねた。馬？　あっ、衛兵さんたちがいっぱい！

「――ロイ!!」

「えっ、リディ!?」

リディは衛兵さんに乗せてもらっていた馬から飛び降りると、僕に駆け寄り抱きついた。

「うわっ!?」

勢いがつきすぎてる！　僕はリディを受け止めきれず、地面に仰向けで倒れた。リディにのし掛かられるようにしてだ。

こ、これはちょっと恥ずかしい！　女の子に潰されるなんて格好悪すぎる……！

でも、ぎゅっとしがみ付くリディの髪が僕の頬をくすぐって、急に心臓がドキドキ音を立て始めた。

「あの、リディ？」

「無事なのよね⁉」

そう言って僕の顔を覗き込むリディは、目に涙を滲ませていた。心配しているような、怒っているような複雑な表情。

《以心伝心》が使えるスライムじゃないから、リディの心の中は分からない。どんな顔で返すのが正解かも分からないけど、潤む瞳が綺麗だなぁと思って、僕は思わず微笑んだ。

「ロイもプラムも大丈夫なのね？」

「うん。大丈夫」

『プルン！』

「あれっ？　プラムの色が変わってない⁉　わ、すごく綺麗！」

リディは蒼いキラキラが混ざったプラムを片手で抱き寄せて、僕とプラムを一緒にギュウッと抱きしめた。

「無事でよかった……」

リディは僕の肩に額を押しつけグスッと鼻を鳴らし、小さな小さな声で言う。

「ロイが……初めての友達がいなくなっちゃうんじゃないかって……本当に心配したの」

あ、首筋が冷たい……リディの涙？

「……うん」

そっか。リディにとって、僕は初めての友達なのか。そっかぁ……ああ、本当によかった。

初めての友達を失うような、そんな残酷なことをリディに体験させずに済んでよかった。

僕、ちゃんと生きなきゃ。

「心配かけてごめんね、リディ」

僕はそう言って、そうっとリディを抱きしめ返した。プラムは思い切り、ぎゅうぎゅうリディに抱きついてるけどね！

さて、若旦那さんだけど、ギュスターヴさんは衛兵隊長さんと魔弾が上がった場所で落ち合う約束をしていたみたいで、その場で引き渡されていた。

僕は、プラムが若旦那さんに斬り付けられたこと、僕も魔道具を使われ、脅されて危害を加えられそうになったことを話した。使った魔道具が、かなり怪しいものだってこともしっかりと伝えておいた。

そうだ。街に戻ったら【創薬】で、『飲んだ人がちょっと素直になる薬』を作って、隊長さんにプレゼントしよ！

若旦那さんなんて、素直に洗いざらい喋って、ベアトリスさんにも「ブヒィ」って言えばいいんだ！

「協力を感謝する、ロイ殿。その従魔、プラムにも感謝を」

「えっ、あっ、はい！」

『ポッ、プルン！』

隊長さんに敬礼されて、僕はピンと背筋を伸ばした。隣を見たらプラムもピン！　と、少しもプルプルしないで胸を張っていた。ふふっ。プラムもよく頑張ったね！

僕はギュスターヴさんの馬に乗せてもらい、リディはベアトリスさんの馬に同乗する。僕も馬に乗れるようになりたいなぁ。

そんなことを思いながら、僕はちょっと気になっていたことを口にした。

「ねえ、ギュスターヴさん？　どうしてあの場所……塔に来られたの？」

ハズレに行くとは言ったけど、塔に行くとは言っていないし、そもそも塔も工房も未報告の場所だ。

「ああ、それはリディから聞いたんだ。ロイはたぶんそこにいる、ってな」

「そうよぉ。ギュスターヴの伝言を衛兵たちに伝えて、ここまで連れてきたのもこの子よぉ」

――話を聞いてみれば、みんなが駆けつけてくれたのはリディと、あとロペルのおかげだった。

孤児院での用事を済ませたリディが、ハズレに行くため城門へ向かうと、衛兵たちが慌ただしくしていたという。若旦那さんを監視していた衛兵さんが、『まかれてしまった、行方が分からない！』と焦っていたらしい。

やっぱり衛兵隊も、まだ何かあると思っていたみたい。

だけど保釈して泳がせてみたら……まんまと逃げられてしまった。

監視の衛兵さんは『魔道具を使ったようだ』と言っていたんだとか。

ケチな若旦那さんが高価な魔道具をいくつも持ってたなんて本当に妙だ。

で、これはまずいと思ったリディがギルドへ走り、ギュスターヴさんに若旦那さんが逃げたらしいと告げた。あの人が僕に何かするんじゃないかって、心配して助けを求めてたんだって。

ちょうどギルドに来ていたベアトリスさんも、魔道具が絡んでいるならと一緒に来てくれたらしい。

あ、ククルルくんはお留守番だ。

実は、『嫌にゃ！　ついてくにゃ！』って無理やりついてこようと駄々をこねたけど、僕の姿をしたロペルが、がっちり押さえ込んでギルドに留めたらしい。

スライムってみんな力持ちなのかな……？

「私も、ロイとプラムのところに駆け付けたかったんだけど……危ないからギルドで待ってろって言われちゃったの……」

「リディ……」

それはそうだ。若旦那さんが何をしてくるか分からなかったし、実際危険な魔道具を持ってたし。

まあ……ロペルはともかく、【魔法剣】のスキルがあるリディなら、若旦那さんなんて一撃でやっつけられる気もするけど。

「私だってロイたちが心配だったんだもの。ロペルだって、本当は一緒に行きたかったみたいなのよ？　プルプルしてたもの！　でもククルルくんもいたし、売店もそのままじゃ……ってしょんぼりしてたんだから」

「そっかぁ。帰ったらロペルにもごめんって言わなきゃだね」

リディの言葉で、みんなに心配をかけてたことを実感した。なんだかツキリと胸が痛むけど、嫌な痛みではない。

「もう。ロイったらなんで笑ってるの？　本当に心配したし、私だって駆け付けたかったんだから」

「わ、ごめん」

ちょっと拗ねたような声で、もう一度リディにそう言われてしまった。

そしたら僕の背後で、ギュスターヴさんが「ぷっ」と小さく噴き出した。

「リディはこの通り、なかなか聞き分けてくれなくてな？　だからハズレには俺たちが先に行くから、衛兵を連れてきてくれって頼んだんだ。俺のサインを入れた書状を持たせて、ギルドからの要請としてな」

「そうだったんだ。リディ、ありがとう。衛兵さんたちが来てくれてホッとしたよ」

さすがにこれだけの人数に囲まれれば、若旦那さんにできることは何もないだろう。ギュスターヴさんたちが塔の工房来てくれた時もホッとしたけど……

「あっ！　僕、ギュスターヴさんに助けに来てくれたお礼まだ言ってなかった!?　わ、ベアトリスさんにも……あの、ありがとうございました！」

僕がぺこりと頭を下げたら、プラムも真似してお辞儀をしていた。

「礼なんかいらねぇよ。むしろ今回は俺たちの不手際だ」

「そおよぉ？　油断してぼくを一人で外出させたギュスターヴにも、まかれてしまった衛兵にも落ち度があったわぁ。これは大人のせい。まったく甘いのよねぇ。魔道具封じも、魔力封じもあるのよぉ？」

ベアトリスさんはちょっぴり手厳しい。

でも、魔道具封じや魔力封じを、衛兵さんたちが若旦那さんに使うのは難しいと思うんだよね。

だって封じるには、封じられる者以上の魔力が必要になる。

若旦那さんは一応魔法薬師だからね。

一般的に、魔法職ではない者が、魔法職に魔力量で勝つのは難しい。

とはいえ……衛兵隊に所属している魔導師さんって、いないんだっけ？

「はぁ。迷宮伯に言おうかしらぁ？　衛兵がたるんでるわよぉって」

会話を聞いていた周囲の衛兵さんたちが、ざわっとした。それはそうだ。

白夜の錬金術師にそんな告げ口をされたら……！

「でも、衛兵さんはこうして冒険者ギルドの要請を受けて助けに来てくれたし、僕もなんとか乗り切れたし！」

「……そおねぇ」

ベアトリスさんは、なぜかウットリと微笑む。

え、何。その笑顔はなんですか？　綺麗すぎて怖いんだけど……

「ぼくぅ？　どうやって乗り切ったのか、とぉってても興味があるわぁ。街へ戻ったら楽しくお喋りしましょうねぇ？　うふふ」

「ロイ。俺もあの塔のことはしっかり聞かせてもらうからな。覚悟しとけよ」

ベアトリスさんとギュスターヴさんは、とってもいい笑顔で僕にそう言った。


街に着き、冒険者ギルドの扉を開けると、そこには多くの冒険者がいた。

「えっ……みんな、どうしたの？」

「どうしたのじゃねぇよ！」

「迷宮城の帰りに寄ったらまたお前がやべぇって聞いて、じっとしてられっか！」

「お前はしょっちゅう心配かけやがって……！」

「はぁ～もぉ～！」

冒険者仲間たちにはそう言われ、エリサさんは大きな溜息を吐きながら僕をバシバシ叩く。

「にゃー！　ロイ！　怪我してにゃい⁉」

『ロイ……！』

人を掻き分け走ってきたククルルくんは僕に飛び付き、僕そっくりに化けたままのロペルにもギュウギュウ抱きしめられた。その力強さが嬉しくもちょっと痛い。

売店のモーリスさんも心配してくれたし、みんなもホッとした顔で僕を迎えてくれた。

「あの、みんな……ありがとうございます。本当にごめんなさい」

照れくさいけど、でも、なんだか幸せだなって僕は思った。

とはいえ、そろそろ心配は掛けたくないね！

僕、最近いろいろありすぎて……自分でもどうなってるんだって思うよ……うん。

◆　◆　◆

翌日。衛兵隊長さんがギルドを訪れ、旦那様と若旦那さんの状況を教えてくれた。

でもまだ大っぴらに話せる段階ではないので、ギュスターヴさんの執務室でこっそりだ。

そもそも旦那様と若旦那さんは、前から目を付けられ調査されていたらしい。

詳しくは話せないと言ってたけど、やっぱり法に触れる悪どいことをしていたそうだ。

奉公人にしてたことを思えば、そうだろうな～とは思う。

それと、若旦那さんに古王国の遺物を渡した人物についてはまだ調査中だという。

「消えた身元引受人が怪しいと睨んでいるのだが……」

「また逃げられたのかよ」

呆れ気味に言うギュスターヴさんを前に、隊長さんは口ごもる。

「でも、きっともう何もありませんよね。旦那様も若旦那さんも、今度こそ保釈なんてなしで、厳しく取り調べてくれるんですよね」

「当然だ。君と従魔への暴行は許されない犯罪だからな。それに本件は、使われた魔道具のこともあり、錬金術師殿が領主様に口添えしてくれた。領主様も関心を寄せているそうだから、安心してくれ」

「領主様が!?　わぁ……大ごとですね」

うん。でもそれなら安心かな。

なんて言ったって領主様は、王国一の迷宮都市ラブリュスを治める迷宮伯だ。そんなお偉い大貴族の方が目を光らせてくれるなら、若旦那さんなんか怖くない。

若旦那さんたちの背後に誰かいたとしても、警戒が強くなれば何もできないだろう。

僕の周りが騒がしくなることは、きっとしばらくない。

隊長さんを見送ると、今度は入れ替わりでリディが、プラムとロペルを連れて執務室に入ってきた。

さあ、次は僕の番だ。

「ギュスターヴさん。報告があります!」

「おう。聞こうか、ロイ」

僕は、西の崖のハズレで見つけた通路のこと、塔のこと、工房のこと、永久薬草壁のことを話した。実は永久薬草壁を切り離して持ってきてることもだ。

それから進化したスキル【創薬】のことも話した。これは後で再鑑定してもらうことになった。

よほどのことがなければスキルの再鑑定なんてしないけど、進化するなんてね……

「ロイ。聞きたいことも言いたいこともまだまだあるが……とりあえずお前は目立ちすぎた。キラキラポーションの比じゃない。ああ、意図してのことじゃねぇのは分かってる。成り行きというか、これはもう宿命みたいなもんかもな」

「宿命……」

そう言われたら、そんな気もする。

ハズレでプラムに出会ったことが全ての始まりだった。スライムが始まりだなんて僕らしい。

確かに前世から定められた運命——宿命かあ。そういうものかもしれない。

「それでだ。あー……一つずつ話すか」

話すこと、そんなにいっぱいあるのかぁ。

「今回の未発見エリアの件からだ。報告するのは、通路とそこで発見した古文字の写し。あの塔の存在と永久薬草壁の発見。古王国時代の研究工房と器具、素材、魔道具、古文書も多数。内容は貴重なレシピなど。以上で間違いないか？　漏れがあったら教えてほしい。こちらも調査して終わり次第、目録を出すから確認も頼む」

「は、はい」

「それから先日の、迷宮城での転移と消えた部屋の件も合わせて、お前は迷宮都市と迷宮伯にとって大きな貢献をした」

貢献？　確かに小さくない発見だとは思うけど、貢献と言われてもどうにもピンとこない。

僕が首を傾げていたら、ギュスターヴさんが表情を緩めて「もっと分かりやすく言うか」と笑った。

「ロイ。役立つ情報をたくさん持ってきたお前に、迷宮伯から褒賞金が出る。詳細な金額はまだだが、結構な額になるぞ！」

「……結構な額って？」

褒賞金は出るだろうと思ってたけど、ギルドからじゃなくって、迷宮伯……領主様から出るの⁉

しかも結構な額って、どんな額⁉

「かなり出る。俺より金持ちになるんじゃねえか？」

「えっ……⁉　まさか！　で、でも、だって僕、しばらく塔のこと秘密にしてたし、勝手に工房を使ってたし、永久薬草壁を勝手に切り取って持って来ちゃったし、古文書だってノートを勝手に持ち帰って読んでたし、お咎《とが》めなしなの⁉　いいの⁉」

「そんなのは目をつぶる。お前も知ってる通り、発見者はある程度調査してから報告を上げるもんだろ？　ああ、それから褒賞金はリディにも出るぞ」

「えっ、私にも？」

リディは戸惑った顔で僕を見た。

「もらえるものはもらっておいたら？　リディ」

「でも、領主様からの褒賞金なんて……」

元々二人の手柄にする取り引きをしてたんだから、気にしなくていいのに。

あ、でもリディが欲しかったのは評判だから、褒賞金のことは考えてなかったのかな？　お嬢様だもん、気にしてなかったのかもなぁ。

「リディ。気兼ねする必要はない。この褒賞金は正当なものだ。ロイと共に調査をしたことや、先日の迷宮城においての転移、消えた部屋の発見、それから昨日の若旦那の件を合わせた、君への評価だ。金額はロイに比べりゃだいぶ下がるが、君が欲しいのは金じゃなくて名を上げるための手柄だろう？　それならこれは、なかなかいいものだと思うが？」

「……はい。そうですね！」

リディは頷く。リディにとって褒賞金は興味のないものかもしれないけど、『領主様から褒賞金をもらった冒険者』という肩書きは、名を上げることに繋がる。

微笑むリディの顔を見て、ギュスターヴさんは僕にニッと笑った。

ギュスターヴさん、リディの事情についても知っていたんだね。受付カウンターの職員さんから聞いたのかな？

冒険者初日、リディは「名を上げたい」ってカウンターで言ってたもんね。あれは目立つ。ギルド長まで噂が届いても不思議はない。

「ああ、そうだ。迷宮城での転移と消えた部屋の発見については、ククルルくんにも褒賞が出る。褒賞金は話し合って分けろよ？　それで……ここからは提案だ。ロイ。店をやらないか」

「お店？　もう一つギルドに売店を出すの？」

「違う。冒険者ギルドの売店じゃない。お前の店だ。独立して店を開かないかっていう提案だ」

独立……？　えっ？

「実はな、情けねぇが、たかが冒険者ギルド長じゃいよいよお前を守り切れそうにない。俺やアルベール様よりも、もっと強い盾が必要だ」

「えっ、僕……もう冒険者でいられないの？」

まだピカピカの青銅級冒険者の腕輪をきゅっと握る。

そりゃ僕の夢は魔法薬師だし、【創薬】スキルを手に入れたし、ポーションを作って暮らせたらいいなって思ってるけど、冒険者だって憧れだったんだ。

目の前のギュスターヴさんみたいに、強くて格好いい冒険者に憧れてたのに、もう冒険者はできないの？

「ばーか。冒険者を辞めろなんてことは言わねぇよ」

「えっ、じゃあどういうこと？　僕、冒険者ギルドを追い出されるわけじゃ……ない？」

「もちろんだ。追い出すわけねぇだろうが。そんなことできるか。ただ、今回目立ったことで、魔法薬師ギルドに見逃してもらえなくなっちまった」

魔法薬師ギルド？　また何か言ってきたの？

「これまでは俺とイグニスとベアトリスの名で、ギリギリ留めていたんだが……再度、キラキラポーション販売についての抗議と販売差し止めを求める書状、製法の公開を求める書状まで届いた」

「えっ……」

なんだそれ!?　しかも昨日の今日で書状が届くって、早すぎない!?

「僕が領主様から褒賞をいただくから？　魔法薬師ギルドに入ってない、ただの冒険者の僕が評価されるのは許せない……ってこと？」

「まあ、そんなとこだ。お前は魔法薬師ギルドに所属してねぇし、そもそも魔法薬師ギルドが定めたルールにも違反してないんだが……国中の魔法薬師ギルドやら、一部の宮廷魔導師まで巻き込んでガンガン訴えを寄越しやがってなあ」

ギュスターヴさんは小さく溜息を吐き、苦々しい顔で言葉を続けた。

「俺個人としては、そんなもん無視してりゃいいと思ってる。だが、魔法薬師ギルドを敵に回すと、冒険者たちにも不利益が出る。冒険者に対して、ポーションをはじめとした薬の売値を上げる。購入制限を設ける。下手すりゃ販売拒否だと。馬鹿だろ、あいつら」

そんなの無茶苦茶だ。迷宮都市の薬店にとって、一番のお客は冒険者だ。その冒険者を締め出そうだなんて馬鹿げてる。お互いにいいことなんてない……あっ。

「そっか。そうなったら結局、僕が責められることになるんだね」

冒険者も魔法薬師たちも困る。キラキラポーションだけじゃ迷宮探索はできない。販売制限なんて馬鹿なことをした魔法薬師ギルドも責められるだろうけど、僕に売店を出させている冒険者ギルドも責められる。

だけど、一番責められるのは、師匠もなく、成人前の子供で、ただの冒険者である僕だ。そうなったらこの街で冒険者をするのも、薬師になるのも難しくなってしまう。

せっかく楽しくなってきたところだったのにな……

僕はやり切れない思いで俯く。

『ポヨ』

『ぽよ』

『うつむかないで』『だいじょうぶ』と、プラムとロペルからそんな気持ちが伝わってきた。

頬を撫でるプラムの手（？）が優しい。ロペルは僕の手をそっと握ってくれる。

「あの！　ロイがお店を出すとして、ギュスターヴさんやアルベール様よりも強い盾っていうのはどなたが？　あてはあるんですか？」

リディがギュスターヴさんに尋ねた。そうだ……盾って言ってた。

「もちろんだ。ロイさえ頷けばその盾はすぐに得られる。ベアトリスがお前の師匠になる」

「本当に？　で、でも、ベアトリスさんは白夜の錬金術師だよね!?」

ベアトリスさんは国一番の錬金術師だ。そんな人が僕の師匠？

絶対に無理だと思っていたもう一つの僕の夢、錬金術師に弟子入りできるの!?

「ああ。正真正銘の師匠だ。地位の高い錬金術師であるベアトリスがロイのことを弟子と公言したら、もう文句のつけどころがないだろ？　ベアトリスは領主様とも対等に話せるから、貴族から圧力が掛かる心配もない。お前の【創薬】スキルの秘密も守れる。どうだ？　ロイ。店を持たないか？　冒険者も続けりゃいい」

「お店……」

僕は自分の手をジッと見つめる。

できるか、できないか。

まだ売店を始めたばかりで、お店なんて正直自信はないけど、でも……やってみないかってギュスターヴさんが言うなら、やってみたい。

ギュスターヴさんもベアトリスさんも、僕には無理だと思っていたらこんな提案はきっとしないと思う。

ペト。ぺとん。

僕の掌にプラムも手（？）を伸ばし、ロペルと一緒に『たのしそうだよ』『おてつだいする』とそれぞれ言葉を伝えてきた。

「プラム。ロペルも……」

「ロイ。やってみたら？　私も協力する！　お店を持つの夢だったでしょう？」

「リディ」

そうだ。夢なんて考えたこともなかった僕が、初めて見た夢。

お店を持って、楽しくポーションを作って、僕の薬を欲しいと思うみんなに届くようにしたい。

「ギュスターヴさん。僕、お店やります！　ベアトリスさんの弟子にもなりたいです！」

「よし。そうと決まったら手続きと準備を急ぐぞ。ああ、あの塔の工房と永久薬草壁はベアトリスの管理下に置かれることになった。ロイが弟子になったら、師匠として使用許可を出すとよ」

「本当⁉　やった……ありがとう！　ギュスターヴさん」

「ベアトリスにも礼を言ってやれ」

「うん！　もちろんだよ！」

嬉しい、嬉しい、嬉しい！　あの工房にまた入れるなんて……！

まだノートもファイルも、本も全部読めてなんてないし、あそこにあった器具とか、瓶とか、見たことない素材もあったし、もっと調べたい。ベアトリスさんにアレコレ聞いてみたい。

あっそうだ、永久薬草壁の水源も確認しなきゃいけなかった。

僕はチラとリディを見た。できれば永久薬草壁の手入れは、リディの【緑の手】を借りたいんだけど……師匠になるベアトリスさんに聞いてみよう。

きちんと話して、リディの力を見てもらってお願いしてみよう。

「それじゃあお前ら、行くぞ」

ギュスターヴさんが席を立った。突然だ。

「え？　どこに？」

リディにプラム、ロペルも首を傾げた。

「ベアトリス主催の前祝いだ。ほら、早く行くぞ」

「えっ、お祝い！　どこまで行くの？」

もしかしてベアトリスさんの、あの素敵な家に行くのかな？　あの森、面白かったからまた行きたいなぁ。

「ん？　下だ、下。食堂だ。今日は『迷宮大角牛《めいきゅうおおつのぎゅう》』を丸々一頭焼くぞ」

「丸々一頭!?　や、やった……！」

「えっ、でもそんなに食べられる？　迷宮大角牛ってすごく大きいんでしょう？」

「あ、確かに。でもすっごく美味しいらしいから、ペロッと食べられちゃうかも」

リディの言う通り、迷宮大角牛は大きい。

体高は成人男性の二倍から三倍。角も巨大な猛牛《もうぎゅう》で、迷宮中層部の強敵だ。

それにその肉は、魔素も豊富で味もいい最高級品！　僕なんか、骨で出汁を取ったスープでしかその味を知らない。肉はまだ未知だ！

僕はギュスターヴさんの後を追いかけ、タタタッと階段を下りていく。

「ギュスターヴさん、迷宮大角牛なんて高級品、よく下の食堂が仕入れてくれたね！」

「いや？　ベアトリスとククルルくんが獲ってきたんだ」

「二人で獲ったの!?」

あんな巨大な猛牛を、ケットシーの子猫と二人で狩るなんてベアトリスさん恐るべし。

あ、でもククルルくん、この前、木の上に避難して戦闘を避けてたし、実質ベアトリスさんの単独なんじゃ……？

「ベアトリスさんって本当にすごいのね……どうやって狩ったのかお話を聞いてみなくっちゃ」

リディがベアトリスさんの活躍に喜んでいる。

『プル！　プルル～！』

『ぷるる』

プラムは『にく！　うしのにく～！』とはしゃいでいる。

ロペルは大人しいけど、随分高く跳んでスキップしてるから、きっと楽しみにしてるんだね。

ふふ。

「迷宮大角牛かー……僕、そんなの狩れる人の弟子になるのかぁ……」

僕は一体、どんな鍛え方をされるんだろう？

『魔法薬師には体力も必要よぉ』とか言って迷宮に放り込まれそうな気がしてきた。

僕は迷宮大角牛に囲まれる自分を想像して、思わずブルルと身震いした。

身体強化とか防壁とか、身を守る系の薬、作れるようになっておこう。

『ポヨン』

『ぽよん』

プラムが一緒なら迷宮大角牛も怖くなさそうだけどなあ。店番はロペルにお願いする日が増えたりして……？

「へへ……」

なんだか楽しくなりそうだ。

◆◆◆

それから十日後。驚くべき速さで僕の店が用意された。

そこは僕の元奉公先『バスチア魔法薬店』だった建物だ。

お店は師匠であるベアトリスさんから弟子の僕へ、ひとまず修行の場として貸す形を取るそう。

でも、将来的には僕のものになるようにと、ベアトリスさんは何枚も何枚も、僕と様々な契約書を交わした。

この契約には、改めて僕の後見人となったギュスターヴさんも同席したし、契約書の内容も確認してくれた。

二人を疑うなんてあり得ないのにと思ったけど、どれだけ親しくても、こういうことはきちんとしなきゃだめだと言われ、僕もしっかり読み込んだ。

正直、よく分からない部分もあったけど。


「うふふ。ここ、買ってよかったわぁ」

「しかし、ロイがまたここへ戻ることになるとはな」

正面から建物を見上げ、ギュスターヴさんはちょっと複雑そうな顔で言った。

ククルルくんは目をまん丸にして「早く中に入りたいにゃ！」ってウズウズしてるし、リディはロペルを抱きかかえキラキラした目で見上げている。

そして僕はプラムを肩に乗せ、久しぶりに会った近所のみんなに囲まれていた。

「ロイちゃん、大丈夫だった？」

「しばらくだなあ。前より少し太ったか？　大きくなったんじゃないか？」

「いろいろあったでしょう？　すごく驚いたのよ。今日も何事かと驚いたわ！」

「あはは……驚かせてごめん。またご近所さんとしてよろしくお願いします！」

そりゃ驚くよね。封鎖されたはずの工房に、ただ者ではない雰囲気のベアトリスさんと、冒険者ギルド長が僕を連れてきたのだ。何事だ、また事件か……!? って集まったご近所さんの気持ちはよく分かる。

「でも僕もまさか、またここに戻ってくるとは思ってなかったなぁ」

それにしても……この変わりようはどういうこと!? この短期間で、元バスチア魔法薬店の建物に何があった? 本当に同じ建物か? そう思うくらい、外観はガラッと変わっていた。

街に馴染まぬゴテゴテとした装飾は全て取り払われ、窓には花籠が飾られている。派手な色に塗られていた壁も、落ち着いた色に塗り直され、趣味のいいタイルの装飾が施されてた。

なんだか同じ場所に戻ってきた感じがほとんどしない。

「ベアトリスさん。外観もびっくりしたんですけど、中も綺麗にしたんですね!」

「当然よぉ。外も中も私の趣味じゃなかったんだものぉ」

まずは一階の店舗部分。くすんでいた壁は綺麗になって、薬棚やカウンターも一新されていた。衝立のある相談スペースまで作られてる。

次に店舗の裏側部分。ここは在庫を置いたり、箱詰めとか配達の準備をしたり、裏方の作業をする場所だった。

僕がよく出入りしていた場所だったので、あまりの変わりようにびっくりした。

軋《きし》んでいた床板は張り直され、開かずの窓やヒビが入っていた壁、欠けたタイルまで綺麗に補修されている。

「あっ、作業台も変わってる……! う、嬉しい……前のは焦げてたり、木材の縁がささくれたり、

地味に困ってたんです！　あ、ゴミ箱もベコベコのじゃない！」

「なんだか、聞けば聞くほど哀れになるわねぇ……」

「ひどいお店だったのね……ロイ」

「俺もさすがに裏側には入ったことがなかったが……ひどかったんだな」

ベアトリスさん、リディ、ギュスターヴさんが口々に言う。

『ポヨ』

肩の上のプラムが僕をぎゅっと抱きしめ、ロペルも『かわいそう……』と言っている。

うん、まあ、本当にひどかったんだよ！

「でも済んだのは大まかな修繕だけ。細かい部分はこれからよぉ。ぼくの好みもあるでしょぉ？　だからとりあえず最低限、錬金術師の店として恥ずかしくないようにしといたわぁ」

「修繕……？　え、直したどころか綺麗に改修されてません？　これ」

「やぁだ。ぼくは錬金術師の改修がこんなものだと思っているのぉ？　見くびってもらっては困るわぁ」

そっか。錬金術師の技が見られるかもしれないのか……！　すごい！

こうなった今だから思うけど、旦那様と若旦那さんのケチさに感謝だ！

旦那様たちは、先代さんの時代に使っていたいいものを全て売り払い、外から見えない部分や旦那様たちが使わない部分は徹底的に安物と入れ替えた。手入れも怠っていたから、歴史あるこの建物はあっという間に傷んでしまったんだ。

僕らの部屋なんて本当にひどかったもんね。

まぁ、先代さんの時代には、あそこは長年使ってない空き部屋だったんだけどね……

「建物自体はいいものよ。このベアトリスの弟子の店に相応しく改修しましょうねぇ？　ぼく」

「はい！」

まだ見ていない台所や中庭、倉庫、そして工房！　どう変わっているのか、どう整えていくのか楽しみだ。

「あの、僕ちょっとひと回りしてきても……」

「待て待て、ロイ。その前にこれを渡したい。俺と冒険者ギルド職員からの餞別《せんべつ》だ」

「えっ！」

ギュスターヴさんは小脇に抱えていた包みを僕に差し出した。

「わっ、重い……！」

白い布に包まれたそれはズシリと重く、カチャンと硬い音がした。金属製の何か？　なんだろう？

「開けてみろ」

「うん……………わぁ！」

出てきたのは看板だった。ラブリュスの店先には必ず掲げられるもので、扱う品物が描かれる。

ギュスターヴさんから贈られた看板には、薬草と薬瓶、それから大小のスライムがデザインされていた。

「すごい、これプラムだ！　こっちはロペル！　ほら二人とも見て！」

『プル、プルル！』

『ぽよよ……！』

プラムとロペルは、僕にだけ聞こえる声で『わあ、ほんとだ！』『ぼくもいる……！』と喜び、スライム同士で笑い合う。端から見るとプルプル震えてるだけなんだけどね。可愛いなぁ。

「素敵な看板ね、ロイ。おめでとう！」

にっこり微笑むリディにそう言われ、僕も満面の笑みになる。

「うん。ありがとう。僕の……看板!!」

看板は、僕の左腕につけた冒険者の腕輪と同じ銅色。まだまだ駆け出しの新人色だ。

冒険者ギルド長のギュスターヴさんがくれたんだもん。きっとこれは、そういう意味だ。

「ギュスターヴさん、ありがとう！」

「おう。後でギルドのみんなにも言ってやってくれよ？」

「うん、もちろん！」

僕はリディとプラム、僕に化けてもらったロペルの手も借りて、軒先にそっと看板を吊るした。

銅色の看板に書かれた文字は――『錬金薬師ロイの店』。

僕が持つ【創薬】スキルは魔法薬師の力とはちょっと違う。でも、だからといって錬金術師というわけでもない。

僕はなんて名乗ればいいんだろう？　そう悩んだ僕は、師匠となったベアトリスさんに相談した。

そうしたら「そおねぇ……ぼくのスキルは魔法よりは錬金術の系統だと思うのよぉ？　だから『錬金薬師』とでも名乗ればいいんじゃなぁい？」と言われたので、そう名乗ることにした。

錬金術師の師匠がいるから、錬金薬師って名乗っても、魔法薬師ギルドは何も言えないだろう。

「看板はこれでよし……っと！」

落ちないようにしっかり留めた看板を、僕は少し離れて見上げた。薬草と薬瓶、スライムの看板が、眩しい太陽と青空の下で揺れている。

プラムは肩、ロペルは隣。リディも隣にいて、後ろにはギュスターヴさんとベアトリスさんがいる。

「ここが僕のお店かぁ……」

正直まだ実感はない。いろいろなことがあったし、これからも何が起こるか分からない。

でも……今日はとにかく嬉しい！

「んにゃー！　きれいな看板にゃ！」

「……ククルルくん!?」

振り返った僕たちの目に飛び込んできたのは、フカフカのクッションを抱えたククルルくんだった。

いつの間にかいなくなってて、店内を見て遊んでるのかな？　って思ってたんだけど……

「えっ、そのクッションも……どこから持ってきたの？　ククルルくん」

「にゃ。これはベアトおねーさんからもらったクッションにゃ。お気に入りにゃ」

「そうなんだ。えっと……それで、どこ行ってたの？」

「おうちにゃ。荷物を取りにベアトおねーさんのおうちに行って、また戻ってきたのにゃ」

「ん？」

どういうこと？

僕に続いてプラムもロペルも、リディも大きく首を傾げた。

「ああ」

「なるほどねぇ」

ギュスターヴさんとベアトリスさんは、そんなことを言いながら頷いている。

「ロイ、ククルルが使っていいお部屋はどこにゃ？」

ククルルくんが、まん丸のキラキラな瞳で見上げて言った。

尻尾はピーンと立ち、ソワソワくねくね動いている。ウキウキがはみ出してる……！

「ククルルくん、ここに住むつもりなの？」

「そうにゃ」

「でも、ベアトリスさんのところにいるんじゃなかったの？　もしかして……家出？」

うふふふふ！　とベアトリスさんが笑う。

「やあねぇ、ぼく。子猫ちゃんは旅好きで気まぐれなケットシーよぉ？　引き止めたりしないわぁ」

そうなの？　ベアトリスさんだけでなく、ギュスターヴさんもクスリと笑っている。

これは……ケットシーあるあるなの？

部屋はたくさんあるし、住むのは構わない。プラムともロペルとも仲良くしているククルルくんだから全然いいんだけど、急すぎない……？

「家出じゃにゃいにゃよ。ククルル、ベアトおねーさんのおうちは十分楽しんだのにゃ。ベアトおねーさんにも、ククルル出てっていい？　ってちゃんと聞いたし、お世話になりましたって言ったにゃ。だからロイ、ここにククルルを置いてくださいにゃ」

ぺこり。ククルルくんが小さな頭を下げて言った。

「うん。いいよ！　じゃあ、後で一緒に部屋を選ぼうね。僕もまだ、どの部屋にするか決めてないし」

「にゃ！　ありがとにゃ！　ここに住めるの嬉しいにゃ！　嬉しいにゃ！」

ククルルくんはプラムとロペルにも「よろしくにゃ！」と言って、小さな足でトッタタン、トッタタンと飛び跳ね、喜びのダンスを始めた。

「いいなぁ。私もみんなと一緒にここに住めたらいいのに」

リディがぽつりと呟く。

えっ……それは、僕も楽しいと思うけど、リディは女の子だし、いろいろ複雑みたいだし、今住んでいる家があるだろうし……なんて言ったらいいんだろう？

「あらあらぁ、私の弟子はとってもモテるのねぇ？　私も住み込みで教えようかしら。うふふ」

「ベアトリスさんまで……！　それは……全然いいですけど。ていうか、これからどうぞよろしくお願いします！　…………師匠？」

思い切って師匠と呼んでみた。

……いいんだよね？　師匠で。

「うふふふ！　かぁわいいわぁ～！　聞いた？　ギュスターヴ！」

「……ロイが可愛いのはよく知ってるんだよ」

蕩けるような笑みで見上げるベアトリスさんに、ギュスターヴさんが言い捨てる。

「まぁ。拗ねたの？　やぁねぇ。ギュスターヴが可愛かったのも、ちゃーんと覚えてるわよぉ？」

「拗ねてねぇし、俺の話はいいんだよ」

「あらあらぁ」

ギュスターヴさんとベアトリスさんって、本当にいつからの知り合いなんだろうなぁ？

そのうち聞いてみよう。だって、僕の後見人と、師匠だもんね！

「えへへ」

「ロイ～、早くおうちの探検しようにゃ～！」

『プルル！』

『ぷるん』

プラムとスライムの姿に戻ったロペルと手を繋いだククルルくんが、待ちきれず扉の前で僕を呼んでいる。

「ロイ、私も見て回りたい！　あ、私、前にロイと一緒に切り取った永久薬草壁も持ってきてるの。どこか日当たりのいい場所に設置しましょう？」

「うん！　そうだね」

僕はリディの手を引いて、店の扉をくぐる。

今日からここが僕の家。僕の工房で、僕のお店。

そして『錬金薬師』としての、僕の一歩目。新しい始まりだ。

ああ、明日からが楽しみ……！

[著] KUZUME
捨てられ従魔とゆる暮らし
SUTERARE JUMA TO YURUGURASHI
飼えない魔物、預かります。

[著] KUZUME
捨てられ従魔とゆる暮らし
SUTERARE JUMA TO YURUGURASHI
飼えない魔物、預かります。

夢の
テンプレ幼女転生、
はじめました。
憧れののんびり
冒険者生活を
送ります
uino
ういの
チート能力てんこ盛りの
5歳
新米冒険者
のんびり冒険したいだけなので、
世話焼きはほどほどに!!
誕生です!

夢の幼女転生、
テンプレ
はじめました。
憧れののんびり
冒険者生活を
送ります
uino
ういの
チート能力てんこ盛りの
新米冒険者
5歳
誕生です!
アルファポリス第16回ファンタジー小説大賞奨励賞受賞作!!
アルファポリス

この作品に対する皆様のご意見・ご感想をお待ちしております。

おハガキ・お手紙は以下の宛先にお送りください。

【宛先】

〒150-6019 東京都渋谷区恵比寿4-20-3 恵比寿ガーデンプレイスタワー19F
（株）アルファポリス　書籍感想係

メールフォームでのご意見・ご感想は右のＱＲコードから、
あるいは以下のワードで検索をかけてください。

アルファポリス　書籍の感想　検索

ご感想はこちらから

本書はWebサイト「アルファポリス」（https://www.alphapolis.co.jp/）に投稿されたものを、改題、改稿、加筆のうえ、書籍化したものです。

迷宮《めいきゅう》都市《とし》の錬金薬師《れんきんくすし》2
覚醒《かくせい》スキル【製薬《せいやく》】で今度《こんど》こそ幸《しあわ》せに暮《く》らします！

織部《おりべ》ソマリ

2024年6月30日初版発行

編集－和多萌子・宮坂剛
編集長－太田鉄平
発行者－梶本雄介
発行所－株式会社アルファポリス
〒150-6019 東京都渋谷区恵比寿4-20-3 恵比寿ガーデンプレイスタワー19F
TEL 03-6277-1601（営業）　03-6277-1602（編集）
URL https://www.alphapolis.co.jp/
発売元－株式会社星雲社（共同出版社・流通責任出版社）
〒112-0005東京都文京区水道1-3-30
TEL 03-3868-3275
装丁・本文イラスト－ガラスノ
装丁デザイン－AFTERGLOW
印刷－中央精版印刷株式会社

価格はカバーに表示されてあります。

落丁乱丁の場合はアルファポリスまでご連絡ください。

送料は小社負担でお取り替えします。


ISBN978-4-434-34071-0 C0093